Es geht um einen Mann namens Marinelli, der eines Tages (vielleicht auch nachts) am Patrice-Lumumba-Strand von Havanna tot aufgefunden wird. In seinem Portemonnaie finden sich drei Fotos, in seiner Hand eine Wasserflasche mit Rum. Marinellis Geschichte ist eine Lebens- und Liebesgeschichte, und sie beginnt mit den Vorbereitungen der Reise einer Delegation des Schriftstellerverbandes nach Kuba. Aber nicht nur Kuba zeigt sich anders als erwartet – z. B. eher grau, eher wie Husum –, auch Marinelli kann nicht ganz die Erwartungen erfüllen, die in ihn gesetzt sind: Er hat sich nämlich verliebt, in Ramona, und sie werden heiraten, beschließen sie, und sie wollen zwei Schweine anschaffen und aufziehen, damit das Hochzeitsfest wird, wie es sein soll. Aber statt daß Hochzeit gefeiert wird, liegt eben eines Nachts (vielleicht auch tags) der tote Marinelli am Patrice-Lumumba-Strand, und ein Arnold-Stadler-Roman ist an sein traumverlorenes Ende gekommen: »Dem fügen wir das Schweigen und die Farbe *blau* hinzu.«

Arnold Stadler, geboren 1954 in Meßkirch. Er studierte katholische Theologie in München und dann in Rom, anschließend Germanistik in Freiburg und Köln. Heute lebt er in Rast und in Berlin. 1999 erhielt er den Georg-Büchner-Preis. Zuletzt erschienen »Ein hinreißender Schrotthändler«, 1999, »Sehnsucht«, 2002 und »Mein Stifter«, 2005.

Unsere Adresse im Internet: www.fischerverlage.de

Arnold Stadler

Eines Tages, vielleicht auch nachts

Roman

Fischer Taschenbuch Verlag

Veröffentlicht im Fischer Taschenbuch Verlag,
einem Unternehmen der S. Fischer Verlag GmbH,
Frankfurt am Main, September 2005

Lizenzausgabe mit freundlicher Genehmigung
des Verlages Jung und Jung, Salzburg und Wien

Druck und Bindung: Clausen & Bosse, Leck
Printed in Germany
ISBN 3-596-16575-X

I will wait for you all my life and today for your call at 7.30 p. m.

Ramona

Als er mit seiner Geschichte zu Ende war, fragte er unmittelbar:
Und du?

Italo Svevo

Das blaßblaue Meer, das sich den Tag über in ein Karibikgrün und ein Türkis in allen Schattierungen verwandeln wird, lag da, als wäre es für immer, als ginge es ewig so weiter. Es war die flaumenleichte Zeit der Frühe – dann kamen die Palmen und das Weiß des Strandes. Und schon war es Abend.

Am Meer lag am anderen Morgen ein Mann weit ausgestreckt, als hätte er ein Leben lang von sich weg gewollt und wäre nun angekommen, es sah nach Glück aus und Schlaf. Es war kurz nach Sonnenaufgang bei Havanna, es war weiß und hibiskusrot, und grau wie Husum. Und schon war es Abend.

Da lag er im Saal des Anatomischen Instituts. Aber das war schon eine Übertreibung – liegen *war eine Übertreibung,* er *war eine Übertreibung, und auch* Saal *des Anatomischen Instituts der Universität von Havanna … Es war eher eine Baracke, und er war tot.*

I

Ein Mann schlurfte mit einem Koffer am Patrice-Lumumba-Strand entlang. Er kam daher wie einer, der sich am Ende hätte sagen müssen: *Ich gehöre zu denen, die ich lieber nicht kennengelernt hätte.*

Mit einem Glas, das wie mit Wasser gefüllt aussah, war er auf und ab gelaufen und hatte es immer wieder aus einer Flasche, seinem Depot in seinem Koffer unter der Palme, aus einer neutralen Flasche nachgefüllt. Zuerst ging er noch herum und sprach die Badegäste an, war unabhängig von deren Geschlecht freundlich und vergnügt und lud sie nach Wien ein. Daran konnten sie sich erinnern, Vienna.

Er schien ein lustiger Mann zu sein, wenigstens für Kuba, das sich damals in einer Agonie befand, in den letzten Jahren, als wäre es ein kollektiver Tod gewesen, die Zeit von Castros mühseligem Tod und jahrelangem Sterben. In den Jahren, Monaten, Wochen, Tagen, Stunden, Minuten und Sekunden, bis es soweit war, hatte der arme Mann noch Todesurteile verhängt, als könnte er nicht allein sterben, als müßte er Menschen dabeihaben, wie damals, als es mit der Granma begann und er mitten unter seinen Leuten war, Tag und Nacht, und wie sie dann als junge Götter von der Sierra

Maestra herunterstiegen und bei Santa Clara erschienen: Fidel und Che, mit Maschinenpistolen und Zigarren, strahlend, wer hätte sie nicht geliebt. Wer hätte nicht *Ja!* gesagt, Brüder! *Sí, hermano*, Bruder Tod ... Am Anfang war es das Leben, am Ende war es der Tod. Der Tod sollte der letzte Beweis sein, daß er gelebt hatte.

Da hat er noch jene einfangen lassen, die damals bei der Ankunft die Helden in Havanna bejubelten oder selbst mit eingezogen waren und die jetzt noch als alte Männer in die USA flüchten wollten, von ihm weg. Und er reagierte wie einer, der von seiner Geliebten verlassen wird und an nichts anderes mehr denken kann, als sie zu töten. Dabei hätte er sich selbst töten müssen. *Er hätte sich längst das Leben nehmen sollen, dann könnten sie leben.* Oder es waren die Kinder oder die Enkel der Revolutionäre, die ein nun in permanenter Revolution und im akuten Kriegszustand gegen den Tod befindlicher Einzelkämpfer nicht ins Leben entlassen wollte. Er behandelte sie, als wären sie sein Eigentum und überdies, als wären Menschen gefährliches Ungeziefer. Er hat sie sterben lassen, die von ihm weg wollten auf den ältesten Kähnen, Schlauchbooten ohne Sprit, ja ohne Wasser und Hoffnung ... Er hat sie mit sich in den jahrelang sich hinziehenden Tod gerissen, als hätte es die Zeit dazwischen nicht gegeben ... So dachte oder empfand Kuba im Jahr, als Franz Marinelli am Patrice-Lumumba-Strand aufgefunden worden war, benannt nach einem edlen und auch schönen

Afrikaner, der sein Leben für die Revolution gegeben hatte.

Ich bete jeden Tag zu Gott, daß er stirbt, aber Gott erhört mich nicht! – so beteten damals selbst die treuesten Anhänger, darunter Frauen wie die Großmutter von Ramona, die noch an Gott glaubte.

Es war der letzte Wunsch des Volkes, das keinen Wunsch mehr hatte, außer dem, daß es gerne nicht nur die Revolution, sondern auch den Maximo Lider selbst überlebt hätte, und das gefeiert hätte mit ganz Kuba auf dem Platz der Revolution, aber dieser Wunsch war immer noch nicht in Erfüllung gegangen. Auch Marinelli hat das nicht mehr erlebt. Denn immer stirbt einer von uns, ohne daß er eine große Nachricht erfährt, die dann am Abend desselben Tages, an dem einer am Morgen gestorben ist, über die Ticker läuft. Den Tod eines Menschen zum Beispiel, der ein Lebensgefährte aus dem Fernsehen war, mit dem man gelebt zu haben glaubte, erfährt heute nicht mehr, der gestern gestorben ist. Ein lieber großer Name; er hätte es erfahren, wenn er zu Tagesschauzeiten noch gelebt hätte – aber nun war es zu spät. *Wissen Sie, was ich meine?* Nur die vorerst Überlebenden können sagen, wer schon gestorben und tot ist. Wie Franz tot war. *Wissen Sie, was ich meine?* Das war oftmals der Schmerz und die Frage der Überlebenden.

Die Habaneros und Habaneras saßen in ihren schön glänzenden Badesachen – alles war eng, war, wie die ganze Insel, vielleicht auch eine Art Gefängnis, aber vielversprechend –, lachten und schauten aufs Meer hinaus. Aber dann gingen sie vom Strand nach Hause, und er blieb allein zurück und war irgendwann wohl müde und hat sich hingelegt. Aber was geschah dann? Es war wie im Leben. Und schon war es Abend.

In seiner Geldbörse, die im Arsenal der Anatomie landete, waren zwischen den Scheinen unter anderem diese Polaroidfotos. Auf denen eine nackte Frau zu erkennen war. Und außerdem fanden sich noch zwei gewöhnliche, etwas vergilbte Fotos: ein Hund und eine weitere schöne Frau, wahrscheinlich die Mutter.

Te quiero – Baby de mi vida – Ramona para siempre, das sah ganz nach Widmung aus.

Der Tote selbst war schon etwas blaß und grün geworden.

So endet diese Geschichte mit der Farbe Grün.

Grün wie das Meer, wie die Farbe, die sein Körper angenommen hatte, das Grünliche seiner Herkunft, als wollte er noch einmal dorthin zurück. Grün wie der Wienerwald, grün wie die Marinellis, Welt der Jäger, alles grün. Mutter mütterlicherseits vom Meer, der Vater väterlicherseits auch aus den Bergen, Schwarz- und Großwildjäger. Alles war grün, grünstes Grün, selbst noch die Sterbewäsche, geliefert von einer Spezialfirma aus Graz, *Anfertigung von Knöpfen und Geweihwaren. Versand in Österreich und in die ehemaligen Kronländer.*

Habe die Ehre, selbst das Grab war überaus grün.

Und alle trugen grüne Unterwäsche, ohne daß dies jemand mitbekommen hätte. Und selbstverständlich war auch der Hochzeitsanzug grün, dunkles, alles verdunkelndes Grün, eine Farbe mit dem Neigungswinkel zur Nachtseite hin, eine schwere Farbe: grün. Vielleicht war sogar das Hochzeitskleid grün, selbst noch der Hochzeitsschleier, als ginge es ewig so weiter.

I.

1. *Das Unglück bei uns zu Hause, dachte er noch zuletzt, rührte vielleicht von da, daß es bei uns zu Hause keine Palmen gab, oder nur im Palmenhaus in Schönbrunn.*

Als Kind hatte Franz eine Schildkröte. Sie hieß Maximilian von Mexico oder einfach Max. Auch weil Franz vorerst nicht nach Mexico und nicht einmal ans Meer kam, und schon gar nicht in Gegenden, wo diese Tiere frei herumlaufen wie im Paradies, und er von freilebenden Palmen, gegen den Himmel hin wachsend, denkbar weit entfernt war, undenkbar weit, hatte er sich eine Schildkröte gewünscht. Und weil sie so schön den Kopf einziehen konnte.

Auch konnte sie wunderbar schlafen und hat von allem, was um sie herum war, fast nichts mitbekommen.

Max kam angeblich aus Kuba übers Meer geschwommen.

Franz träumte schon früh von Kuba und Mexico. Das Unglück von Wien rührte ja von da, daß es nicht am Meer lag. Aber Franz war nicht unglücklich. Er war ein Kind und lebte da, wo er lebte, so, als lebte er anderswo.

Um ihn herum war Krieg, das Schlafzimmer seiner Eltern war der Kriegsschauplatz. Aber auch er bekam von allem fast nichts mit, als wäre es nicht Krieg, sondern Theater, wenn es nebenan einschlug und explodierte. Und er schlief immer wieder ein, während die Welt brannte. Wie schon zwanzig Jahre vor ihm: in den Ruinen spielten Katzen und Kinder, und die Kinder spielten in den Ruinen Krieg, und es blühte.

Andererseits: Franz wollte früh weg, doch lieber noch als ins Paradies wollte er schon als Kind in Gegenden, wo es dies alles, was es um ihn herum gab, nicht gab. Lieber als ins Paradies wollte er in den Himmel, einen Ort, den es vielleicht gar nicht gab, wie er schon gehört hatte. Vor allem wollte er weg von dem nächtlichen Streit seiner Eltern, die in *einem* Bett lagen. Halbe Nächte hörte er seine Mutter *du Lügner* vor sich hin sagen, flüstern und schreien: *Lügner!* Wahrscheinlich hatte sie recht.

Das war seine früheste Erinnerung.

Trotzdem hatte sich die Angst vor diesen Worten – und von diesen Worten an – in ihn hineingefressen, und es stellten sich erste kindliche Alpträume ein, und trotzdem haben seine Eltern es da, an dieser alptraumauslösenden Stelle, Jahrzehnte ausgehalten und haben sich weitergestritten und Alpträume gezeugt, Menschen. Sie lägen noch heute in dieser als Himmelbett konzipierten Anlage, einer der frühesten Schlaflandschaften aus den frühen Sechzigern, einem Vorführbett, wenn *er*, wie üblich, nicht doch vor *ihr* gestorben wäre, *gegangen*, wie es in der Todesanzeige hieß, dabei saß er doch! Wie war dies möglich? Es wurde so viel gelogen auf der Welt, manchmal auch aus Angst vor dem Tod. Gestorben war er also, nicht hier freilich und auch nicht in einem Pflegebett mit 24-Stunden-Dienst, sondern unter wenig rühmlichen Umständen in St. Pölten.

Franz hat alles verschlafen.

Franz Joseph, sein Vater, war zu Lebzeiten wenig gegangen. Meist saß er auf seinem Lehrstuhl, stand im Saal der Anatomie, lag irgendwie rechts oder links in seinem Wohnmobil und neben, bei, unter oder auf seinen Frauen und wachte immer wieder auf. Es war also das erste Mal, daß er richtig gegangen war. Und nun gab es eine Witwe mehr, die über einen Toten triumphierte. Kurz vor seinem Tod hatte sie es auch noch geschafft, ihn zu entmündigen, um kurz darauf, selbst entmündigt, ihr Leben zwischen einem Papageienkäfig und einem Aquarium in der vornehmsten Pensionistenanlage Wiens weiterzuführen. Ihre Hauptwörter waren da noch *Amok* und *Massaker*, worauf sich die Schwestern keinen Reim machen konnten, die glaubten, sie habe als Kind ein Massaker überlebt, in der Zeit, *als die Russen in Wien die Erdäpfel im Clo wuschen,* wie jede Wiener Taxifahrerin wußte. Das einzige Wort, welches das Personal verstand, war *Lügner*, auch wenn sie nicht wußten, wer damit gemeint war. Wahrscheinlich waren sie alle gemeint, aber sie mußten sich nicht angesprochen fühlen, da die Alte ja entmündigt war. Sie war eine Überlebende, die sich gab, als wäre sie Siegerin. Sie war es auch, einerseits, hatte es ja wirklich ausgehalten und durchgestanden und nach ihrer gar nicht zurückgehaltenen Devise *umbringen immer, scheiden nie!* gelebt. Aber es war ein Pyrrhussieg.

Claire war die Tochter eines Bauunternehmers, der die Bunker und Flaktürme Wiens, einige davon standen immer noch, mitten in der Stadt, gebaut hatte. Er war kein Nazi, sondern Baumeister, Villen und Bunker hat er gebaut. Und so war Hans Eber in unwahrscheinlich kurzer Zeit unwahrscheinlich reich geworden und geblieben. Seine Tochter Claire hatte aus dieser Verbindung ein Ringstraßenpalais, arisiertes Vermögen, von ihrem lieben Papa geerbt.

Das Haus hat ihr aber kein Glück gebracht. Und Franz und den anderen, die diese Wohnung am Stubenring eine Zeitlang bewohnten, auch nicht. Franz hatte zum Beispiel eine Schwester, die sich später der Kommune von Otto Mühl anschloß, um sich von ihren Vorfahren und ihrem braunen Familiengrund abzugrenzen. Sie hat sich dieses Hauses geschämt und auch ihrer Eltern und hat sich öffentlich von ihnen abgesetzt. Später ging sie in eine Kommune in Berlin, anschließend in eine Kommune auf Lanzarote. Dann war sie auch schon bald dreißig und hat sich vom Flakturm im dritten Bezirk heruntergestürzt und liegt nun im Familiengrab in Grinzing, Nachbarin von Thomas Bernhard, Kopf an Kopf.

Die Art und Weise hingegen, wie Franz sich von dieser Welt, in die hinein er doch unzweifelbar geboren war, zurückzog, war, daß er sie immer wieder schlafend verließ.

Die Mutter antwortete mit der Lügenbezichtigung auf die Welt, Franz mit Schlaf.

Sie, seine Mutter, Claire, konnte Franz in seinem Kinderzimmer nebenan und auch außerhalb immer wieder hören. Von *ihm* hörte man gar nichts. Es war nicht sicher, ob er in seinem Feinripp-Unterhemd überhaupt anwesend war. Doch sollte er es gewesen sein, lebte und lag Franz Joseph neben einer Frau, die ihm vom Hochzeitstag an das Lästigste geworden war, was es in seinem Leben gab. Wahrscheinlich hat *er* schon in der Hochzeitsnacht nach Fluchtmöglichkeiten Ausschau gehalten, mehr neben als auf ihr liegend und immer wieder daneben zielend, der spätere Großwildjäger, als wäre er auf Hasenjagd und hätte auf die Haken und Kapriolen seines Opfers zu achten, dabei lag *sie* da, tatsächlich ein wenig wie ein Kaninchen, aber vor der Schlange; so, als wäre es nicht die Hochzeitsnacht, sondern das Ende. Dabei folgte darauf noch eine lebenslängliche Folter.

Bei ihm sah es nach Liegestützen aus, er schwitzte und hatte noch das Unterhemd angelassen, dazu kam das hochrote Gesicht. Zum Glück war von alledem nichts zu sehen, denn es war wirklich Nacht in dieser Hochzeitsnacht. Der damalige Anstand gebot es, daß das Licht im Hochzeitsnachtzimmer gelöscht war. Das war wie eine Gnade, es war das Schönste daran, daß sie sich nicht auch noch in die Augen sehen mußten.

Wahrscheinlich hat er sich, während er sich ohne jeden Sinn für den Rhythmus dieser Nacht hin- und herbewegte, insgeheim schon wieder Bekanntschaftsannoncen ausgedacht, bis er schließlich, in eine Art Todesschlaf fallend, die Hochzeitsnacht verschlief. Und ihr ging es wohl genauso: auch sie hat sich schon in der Hochzeitsnacht Bekanntschaftsanzeigen ausgedacht und nach Fluchtmöglichkeiten Ausschau gehalten und wollte von dem weg, der sich auf sie zu bewegte – vergebens, wie sich am Ende herausstellte. Und als er bald darauf neben ihr schnarchte, hat sie das erste Mal laut *du Lügner!* vor sich hingesagt.

Er war damals schon der berühmte Seziermeister oder Pathologe von gut fünfzig Jahren. Trotzdem hat er sich immer wieder mit Lebenden befaßt, wenn er auch dabei meist das Unterhemd oder Leiberl anbehielt; hat sich immer wieder Menschen genähert, die noch lebten oder glaubten zu leben oder noch mehr: glaubten, das Leben noch vor sich zu haben. Er hat sich das Leben über meist mit Totem beschäftigt, trotzdem hat er auch noch Lebenden imponieren wollen und führte sogar das Wort *Liebe* in seinem Aktivwortschatz, kurz: er hat sich ein Leben lang eingebildet, ein Menschenkenner und -liebhaber zu sein, obwohl er eigentlich mit *dem Menschen als Totem* besser umgehen konnte und vom Lebenden nicht viel, von Frauen gar nichts verstand und auch, wie Tante

Mausi gesagt hätte, deren Aussage sich allerdings auf das Gartenleben bezog, *kein Händchen für so etwas* hatte. Es hätte nicht einmal für einen gescheiten Rasen gereicht. Gärtner Pötschke hätte gar gesagt: *Sie müssen schon etwas dafür tun, daß es blüht!*

Wie hätte es also anders sein können, als daß Franz, der erstgeborene Sohn, der sich trotz der Mesalliance aus dieser Nacht ergab, von Anfang an weg wollte. Von seiner Erzeugung an von seinen Erzeugern. Das Hochzeitsdatum war von ihrem Astrologen als das günstigste herausgefunden worden. Claire hatte gesagt, sie wolle es möglichst schnell hinter sich bringen, und hatte Franz Joseph in Kauf genommen; aber warum eigentlich? Das blieb ihr Geheimnis. Sie wollte doch nicht beschützt werden! Und hatte auch keinen Vaterkomplex. Claire war immerhin zwanzig Jahre jünger als Franz Joseph.

Auch seine Eltern wollten ja schon bei seiner Zeugung weg. Die Mutter wäre am liebsten gar nicht dabei gewesen, wäre am liebsten anderswo gewesen, am Semmering, im Wienerwald oder im Prater; und auch beim Vater war es so, als er wahrnahm, wie lustlos von der Hochzeitsnacht an Claire mit ihm umging. Sie wollten überall sein, nur nicht da, wo sie allein zu zweit waren, als wollte sie ihn fliehen, als wäre er eine Panne und ein kleiner Scherz und ein Mißverständnis, das zu dem großen hinzukam und das nun von dieser

Nacht an neun Monate unterwegs war, und Tag und Nacht war es Nacht.

Bald darauf wollte auch er weg. Aber zuerst einmal mußte er noch hinaus, und es blendete, wie wenn der Künstler auf die Bühne tritt, und er sieht nichts. Zunächst waren Schreien und Leben eins wie in einem Drama, und dann hat er auch einen Namen bekommen, nachdem er schließlich das Licht der Welt erblickt hatte. Sein Name *Franz Joseph* deutete auf etwas Solides, war aber doch nur der Name irgendeines Mannes, dieses Vaters, eines Menschen, der mit Unterhemd zu Bett ging und am Sonntagmorgen im Bett die *Presse* las und nicht gestört sein wollte. Das war alles, was er von diesem Menschen wußte. Mehr hatte er eigentlich nie erfahren. Das einzige, was er noch von ihm wußte, war, daß er ein Lügner war. Wie konnte andererseits ein Mensch, von dem er so gut wie nichts wußte, ein Lügner sein?

Also wollte er, lieber noch als verschwinden, unsichtbar werden. Er machte oft die Augen zu, wie es Kinder tun, die glauben, sie seien dann unsichtbar, und dachte, er wäre nicht mehr um dieses Feinrippmonster herum, das nicht gestört sein wollte, als wäre Franz (den Joseph hatte Claire bald weggelassen) nicht sein Sohn, sondern sein Ungeziefer, sein Sonntagsmorgen-Ungeziefer, das leider in Kauf genommen werden mußte, wie die Fliegen … Die Schildkröte war sein Vorbild und der Stellvertreter seiner kindlichen Träume: irgendwie verschwinden, innen und außen. Überallhin, nur nicht hier sein. Das hat er beibehalten. Auch noch als Erwachsener machte er manchmal die Augen zu und träumte. Auch den Kopf hätte er gerne eingezogen, wie Max. Bis zuletzt.

2.

Franz war mittlerweile zwölf Jahre alt, und die Schildkröte lebte immer noch. Fast ein ganzes Leben lang hatte sie neben ihm her gelebt.

Es war nun Zeit für den Freischwimmer. Also haben Franz und sein Spezi Mike die Schildkröte Max den Freischwimmer machen lassen. Franz und Mike konnten das Tier nicht mit in die Badeanstalt an der Donau nehmen. Also entschieden sie sich für die Badewanne zu Hause. Da hatten sie auch noch anderes spielen können, was im Schwimmbad nicht möglich war. Max sollte den Freischwimmer für 15 Minuten im Wasser und einen Kopfsprung vom 1-Meter-Brett bekommen. Das waren 15 Minuten in der schönen, großen Badewanne des elterlichen Bades, das ja so gut wie unbenützt war, eigentlich nur ein weiteres Spielzimmer. Das Land war während dieser Zeit immer in Sichtweite, doch unerreichbar und für Max unerklimmbar, der Boden ganz glitschig, und dann die Rundungen: fünfzehn grausame Minuten. Was in Max in dieser Zeit vorging, sollte sich ein nachgeborener Mensch lieber nicht vorstellen, und er war dankbar dafür, daß das auch ein Geheimnis blieb, wie so vieles.

Die Menschen halfen sich ja über das meiste hinweg mit dem Hilfswort *natürlich*, selbst noch über den unvorstellbaren Tod und das Ende der Geschichte.

Der Sprung aus einem Meter Höhe war vielleicht Tierquälerei, für Franz aber war es Liebe. Etwas Sadismus, etwas ganz Kindliches, war auch dabei, eben Liebe. Franz gab Mike ein Zeichen, und der öffnete die Hand, und in weniger als zwei Sekunden erreichte Max im freien Flug das Wasser, genau von einer markierten Stelle aus, etwa auf der Höhe des naturtrüb, fast blind gewordenen Muranospiegels, auf dessen davor verankerter Glasplatte Max auf die Prüfung gewartet hatte. Dann hat Franz eine kleine Ansprache gehalten, die Mike sehr gut fand, während Max die Ehrung auf der Siegertreppe, einem Schuhkarton, entgegennahm, und Franz war überzeugt, daß der alles verstand. Anschließend hat er das Freischwimmerabzeichen außen an der Kiste mit Reißzwecken angebracht und ein weiteres gleich mit Uhu auf den Schildkrötenpanzer geklebt. Die Großmutter Eva Benedetti stammte aus der Uhu-Branche. Der kleine Franz hat von ihr zu den Geschenkterminen immer wieder sogenannte Industrietuben bekommen, und sein Spielleben ging auf einer Uhu-Basis vorüber. Das Wort Umwelt gab es zum Glück damals ja noch nicht, es gab nur das Wort Welt für die Welt.

Es war nicht gerade artgerechte Tierhaltung, aber es war Liebe. Doch eines Tages war die Schildkröte verschwunden, und einer hat eine ganze Nacht geweint. Vielleicht lebt sie bis heute. Schildkröten werden ja sehr alt, auch wenn sie nicht weit herumkommen bis dahin.

Franz glaubte von Anfang an, daß Max aus Kuba kam und ein Kubaner war. Auch hißte der Assistent die kubanische Flagge, die Franz auf einen Waschlappen gemalt hatte, der Fahnenmast war ein Besen, und der stand hoheitlich in der Mitte des Raumes mit einem Putzkübel als Fundament. Auf den Panzer von Max war neben das Freischwimmerabzeichen eine kleine kubanische Flagge geklebt, die aus dem Großen Brockhaus ausgeschnitten worden war. Hätte Franz Joseph dies bemerkt, hätte er seinen erstgeborenen Sohn aus der Verbindung mit Claire getötet. Davon war Franz überzeugt.

Es war noch die alte kubanische Flagge, ohne den Stern in der Mitte. Manchmal aber war Max auch ein Panzer, der gegen die USA eingesetzt wurde. So war seine Schildkröte vieles. Am meisten aber war sie seine Sehnsucht nach einer anderen Welt als seiner.

Franz wäre am liebsten selbst eine Schildkröte gewesen, aber nicht da, wo er war, sondern ganz woanders, wie die Schildkröte vielleicht auch, wenn er sie hätte fragen können. Am liebsten am Meer auf einer Insel wie Kuba.

Manchmal wäre er auch lieber ein Mädchen gewesen.

Franz selbst hat in dieser Zeit nacheinander den Freischwimmer, den Fahrten- und den Rettungsschwimmer gemacht und die entsprechenden Abzeichen an seiner Badehose getragen.

Er wollte von Anfang an immer nur wegschwimmen, wegtauchen und wegschlafen.

Trotzdem hat er zwischendurch immer wieder seine aufregende Badehose getragen und hat immer wieder *ja* gesagt, ohne daß er dies wußte.

Zur Freischwimmerzeit haben sich Mike und er ins elterliche Bett gelegt und Mann und Frau gespielt. Franz war nun dreizehn oder vierzehn Jahre alt und hätte schon eine Frau sein können. Er hat vorgemacht, wie sich seine Eltern stritten, und hat die Rolle der Mutter übernommen und *du Lügner!* gerufen, so laut, daß es die Eltern hätten hören können, aber die waren ja kaum einmal da. Er hat es vorgemacht, als wäre es ein Spiel.

Und Mike hat sich schließlich fast totgelacht und sich in die Kissen geworfen. Und dann ist Mike über ihn hergefallen, als wäre er ein kleiner, drolliger Hund. Als spielten sie miteinander.

Mike hat Franz den *Fahrtenschwimmer* abgenommen, das heißt mit Franz den Fahrtenschwimmer geübt und seinen Körper immer wieder ins Wasser gestoßen. Vielleicht aus Liebe. Er hat ihn ins Wasser gestoßen, als wäre es nur sein Körper, dabei meinte er sie: Denn zu diesem Körper kam noch seine Seele, die auch augenblicksweise sichtbar war, zum Beispiel dann, wenn Franz lächelte. Und wenn er schaute. In solchen Augenblicken zeigte sie sich auf seinem ganzen Gesicht und war einfach da, stand vor ihm.

Am Ende kam der *Rettungsschwimmer* mit der Mund-zu-Mund-Beatmung, dem Sich-Totstellen und In-den-Armen-Liegen und allem, was dazugehört. Dazwischen – oder bis dahin? – lagen sie ganze Sommer auf ihrem Platz in der hintersten Ecke des Schwimmbades mit ersten heimatlosen Erektionen. Vielleicht sind sie allein deswegen zum Schwimmen gegangen? Das war auf einem verwaschenen Handtuch gewesen, das so klein war, daß das meiste von ihnen oben und unten hinausschaute, und sie lagen auf dem Gras, als wäre es ein Bett, in dieser abgelegenen Abteilung des Bades, hinter den Koniferen, wo die Augen des Bademeisters nicht hinkamen. Damals mußte Franz immer wieder ins Wasser oder sich auf den Bauch legen, ach, alles war zur Unzeit, diese sinnlosen Erektionen, diese falschen Bewegungen von ihm weg, als wäre nicht nur er es, der weg wollte. Als gäbe es Teile seiner selbst, die von ihm weg wollten und schon dabei waren, sich auf den Weg zu machen, schon beim Aufwachen. Er empfand ein erstes Mal, daß er ein Leben zur Unzeit führte am falschen Ort – und nachher würde es dafür zu spät sein.

Die Kriegsangst kam in Wien für ein spätes Nachkriegskind immer noch hinzu, immer wieder schlugen Bomben ein, und er wachte auf. Dabei war Wien doch schon wieder aufgebaut und zeigte sich in seinem späten Glanz. Er lebte in schönen Häusern mit Menschen darin, die ihm die Angst vererbt hatten und auch eine Art Schizophrenie, als genügte ein Leben und ein Bewußtsein nicht. Als brauchte es zwei für die Angst. Als wäre ein Leben und ein Bewußtsein der Angst nicht gewachsen. In Gloggnitz hatten die Großeltern eine Sommerfrische, ein Wort, das so schwer war, daß es ihn nur hinabzog.

Und trotzdem war das Leben das Schönste, was es gab. Nur der Bauch, die Oberschenkel und die Badehose bekamen also etwas vom Handtuch, als wären sie das Wichtigste gewesen an Franz. Der Kopf und die Füße schauten oben und unten heraus und waren zudem am weitesten von den privilegierten Handtuchstellen entfernt, von allem, was zählte und schlaflos machte, und lagen nackt auf dem Gras. Franz und Mike waren nun schon alt genug, bestraft zu werden, wenn auch nur mit Gewissensbissen oder einem ersten Liebeskummer.

Seine Eltern stritten sich noch bis zuletzt, im Sommer am Semmering, im Winter am Ring. Immer lebten sie zusammen, bis der Tod ein weiteres Streiten unterband.

Oder hätte unterbinden sollen, denn Claire schrie noch über den Tod von Franz Joseph hinaus halbe Nächte *du Lügner!* vor sich hin und hoffte, daß er es in der Hölle hörte. Einzig der schmähliche Tod in St. Pölten war eine kleine Genugtuung, die sie in ihren posthumen Verwünschungen besänftigte, und etwas, das sie immer wieder in ihre Unterhaltungen einfließen ließ: *Mein Mann hat ja einen Herzinfarkt bekommen … in einem*

Geschäft für Ehehygiene... Einzig Franz Joseph zuliebe wünschte sie sich, daß es die Hölle doch gab. Aber die Psychoanalyse, die sie nach dem Tod ihres Mannes begonnen hatte, sagte ihr gerade, daß es diese Hölle anderswo nicht gebe: sie war da, wo *sie* war, im Bett, wo sie immer schon gewesen war und wo sie nun *du Lügner!* vor sich hinschrie, ohne daß dies jemand hörte. Das hatte sie nun davon: Sie und ihr Leben fielen mit der Hölle zusammen.

Als seine Mutter bald vierzig Jahre alt war, eine schöne Frau, lernte er anhand ihrer Chanel-Westen-Knöpfe zählen, und anhand dieser Zwei, die in ihm eine ungute Eins geworden waren, das Dazuzählen und das Abziehen: Eins und eins, das macht zwei, hieß der kleinste Rechenschritt des Addierens. Aber er konnte es nicht glauben. Dieses Additionsverfahren stimmte nicht mit seiner Wahrnehmung überein: Zwei war weniger als eins. Zwei war gar nichts, war nichts – oder weniger als Null. Doch das, was war, war mehr: es war das lebendigste fortlebende Unglück. Mit der Zwei begann die Distanz, so empfand er sich selbst, lange bevor er das Wort *Schizophrenie* zum ersten Mal hörte, ein Wort, auf das er hätte verzichten können.

Seine Schizophrenie, sein Doppelleben von Hirn und Hose – und dieser Weg war manchmal so kurz, daß er gar nicht mehr Weg genannt werden konnte. Und manchmal lag eine Welt dazwischen. Mit der

Zwei begann die Distanz, wie auch sein Argwohn, den er schon als Kind hegte und als Kind immer wieder bestätigt bekam: daß nämlich Mann und Frau nicht zusammenpassen. Armes Kind! Von allen katholischen Dogmen, angefangen mit der Erschaffung des Menschen aus Erde und Lehm, und später Evas aus der Rippe Adams (umgekehrt wäre es noch halbwegs logisch gewesen), war ihm das Dogma von der Erschaffung des Menschen als Mann und Frau bis zur darauf bauenden Unauflöslichkeit der Ehe das mysteriöseste. Auch seine Eltern paßten nicht zusammen, seine Mutter war nämlich schön, was man vom Vater nicht sagen konnte. Sie war so schön, daß sich so häßliche Erscheinungen wie sein Vater auf der Straße nach ihr umdrehten. Und was sonst mit jenem Menschen war, konnte Franz nicht sagen. Außer, daß er ein Lügner war. Und daß er der Sohn eines Lügners war. Und daß er nicht werden wollte wie er, der, wie es schien, kaum sprechen konnte und, wenn er etwas sagte, in eine andere Richtung sprach, als wären sie gar nicht da, und ein Lügenleben führte. Er war eine wandelnde Lüge, sagte seine Mutter, die eine gescheite, aber schließlich in bezug auf diesen Menschen auf wenige Formulierungen reduzierte Person war. *Nichts sagen, die Lüge leben, ein Lügenleben vorleben* –

Das waren die Abstraktionsversuche seiner Mutter, die an einer lebenslänglichen Lektüre Thomas Bernhards geschult war, mit dem sie von *Frost* an bis zum letzten Buch *In der Höhe. Rettungs-*

versuch, Unsinn Nächte-wie-ein-Leben-lang im Bett saß. Entscheidende Stellen las sie immer wieder ihrem Mann vor, um ihn damit zu quälen und am Schlaf zu hindern. Schließlich kam kein Buch mehr von ihrem Dichter. Einmal war es doch zu Ende, und sie hat wieder von vorne begonnen und hat weitergelesen, bis über die Einlieferung in die teuerste private Alters-Irren-Residenz von ganz Österreich hinaus. Franz fand diese tausendmal wiederholten Selbstvergewisserungsfragmente großartig, verwechselte von seinem ersten Theaterbesuch an auch die Sätze aus dem Schlafzimmer mit der Stimme einer großen Tragödin auf der Bühne. Wien war ja eine Theaterstadt, die Theaterstadt schlechthin, und das Theater fing eigentlich mit dem Leben an, sehr, sehr früh, sagte seine unglückliche schöne Mutter. Franz dachte, daß es eigentlich schon vor dem Leben angefangen haben mußte. Wurde er nicht in eine Welt hineingeboren, die schon ein Theater war?

Oft hörte er, daß sie *jenen Schritt*, der schließlich auch zu ihm, Franz, führte, bitter bereute. Franz aber liebte seine Mutter; es blieb ihm ja auch nichts anderes übrig, was er in seiner ersten Zeit hätte lieben können, das Einschlafen vielleicht? Oder die Milch, die da herauskam, was noch ein Wunder war, über das lieber nicht nachgedacht wurde. Franz hat es niemals verwinden können, daß er eines Tages, vielleicht auch nachts, zum letzten Mal diese Milch bekommen hat. Aber dann war es aus, und er lebte von nun an für sich weiter. Es gab von nun an das Bewußtsein, und er mußte sich von da an sagen: *Ich lebe.* So hieß dieses Joint Venture aus Herz, Hirn und Hose.

Er liebte diese erste Frau in seinem Leben, auch wenn sie, zusammen mit dem Lügner, ihm hätte die ganze Kindheit verderben können, die keine war, sondern eine Zumutung, erste Einblicke in die Welt der Erwachsenen tun zu müssen, eine jahrelange Einübung in das Theaterstück des Lebens. Er fand schließlich diese nächtlichen Monologe etwas, worauf er nicht verzichten wollte, sie gehörten dazu wie die Glocken von St. Stephan, gewiß mehr als die *Pummerin*, die ja nur einmal im Jahr zu hören war. Und Claire saß im Bett und las damals, als sie noch nicht auf Thomas Bernhard, ihren Lebensmenschen, gestoßen war, *Die Glocken von St. Anton* und verglich ihr Schicksal mit den Hauptpersonen jenes längst vergessenen Liebesromans.

Er liebte sie, und sie liebte ihn auch, wenn auch nur halb. Denn Franz war nur zu 50% von ihr; in der anderen Hälfte mußte sie Franz Joseph erkennen. Sich selbst liebte sie zu 100%, aber es war eine vollkommen unglückliche Liebe.

Franz war etwas Sichtbares, wurde immer schöner, mit Augen wie Tauben, und wuchs dem Tag zu, da er dieses Haus verlassen konnte. Die Ehe seiner Eltern kam ihm vor wie eine Erbkrankheit.

Manchmal war es ein Alptraum, und sie schrie vor sich hin, und Franz wachte auf davon. Es war etwas Dunkles von Adam und Eva an. Soviel wußte er. Manchmal schlug sie ihn, und Franz Joseph auch. Das hätte vielleicht Eva schon tun sollen. Adam muß ein Feigling gewesen sein. Franz Joseph bekam von ihr Schläge mit einem Schuh, und eigentlich war dies die Art und Weise des Umgangs geworden, wie sie noch im Bett zusammenkamen. Das Schlagen und Geschlagenwerden rettete sie und hielt die Beziehung am Leben und verhinderte überdies das Schlimmste, was vielleicht gar nicht das Schlimmste gewesen wäre.

Sie schlug ihn immer wieder und nahm bei den Schlägen das Gesicht eines Edelpiranhas an, das hätte ihr kein Mensch zugetraut, so wenig wie ihm die Organisation von Liebhaberinnen und das Halten und Führen eines Wohnwagens ausschließlich für den einschlägigen Zweck. Den Wohnwagen hatte Franz Joseph in die Ehe eingebracht. Claire hat diese *mobile Besamungsstation,* welches ihr Wort war sowohl für ihren Mann als auch für sein Fahrzeug, nie betreten, wenn sie auch genau wußte, wie es da drinnen aussah. Da drinnen lagen Schamhaarbürsten und Abdeckstifte, Nylonstrümpfe und Minischlüpfer herum, Vorlaufmodelle späterer und spätester Zahnseidentangas, kurz bevor die Welt unterging, seine Welt, die schlagartig zu Ende war, per Herzschlag eben. An dieses Fahrzeug hätte ein rotes Neonherz gehört, aber draußen sah man nur einen Aufkleber vom ÖAMTC und einen Christophorus.

Beim letzten Opernball hatten sie noch eine Loge gehabt, und Claire gab nach allen Seiten hin Zeichen und sagte, althabsburgerisch lächelnd, *ich fe-reue mich!* und reichte die Kußhand. Sie ist mit ihrem Mann zusammen in einer Schleppe die große Treppe hinaufgeschritten und hat gelächelt, als wäre sie mit einem Schatz unterwegs und sie selbst wäre eine Trophäe.

Eine Scheidung kam für sie nicht in Frage, weil sie ihm ein schönes Leben nicht gönnte; für ihn aber war es unmöglich, weil er Außerordentliches Mitglied der Päpstlichen Akademie des heiligen Lazarus und Ritter vom heiligen Grab war, für den also eine Scheidung *nicht auf der Agenda stand.*

Als Franz eines Tages für immer auszog, stritten sie weiter, obwohl sie nun zwei Zuhörer weniger hatten: Die Schildkröte war auch schon fort.

Er mußte aufpassen, damit sich nicht zu viel Vergangenheit in seine Gegenwart schlich ...

3.

Schon in der Volksschule sangen sie Seeräuberlieder, in Wien.

Wir fahren übers weite Meer – hullabalo balai –
die Heimat sehn wir nimmermehr
hullabalo balai – hullabalo balai.

Kuba und das Meer waren der Traum seiner Kindheit. Und in Feldkirch war er nun seinem

Traum ein schönes Stück näher. Mindestens eine Flugstunde. Jetzt waren es nur noch zehn Stunden.

Die ganze Schulzeit über sangen sie vom Meer, vielleicht, weil ganz Österreich so weit weg vom Meer war, vielleicht aus Sehnsucht nach dem verlorenen Meer, das es seit dem verlorenen Großen Krieg, wie seine Großmutter bis zuletzt gesagt hatte, nicht mehr gab. Das war ein zusätzlicher Weltschmerz, daß das Meer verloren war, der insgeheim in die schönsten Heurigenlieder einging, in denen von Wien, der Liebe und dem Tod gesungen wurde, weil man ihnen das Meer, die Heimat, genommen hatte. Daher sangen sie auch in ganz Österreich Seeräuberlieder, vom Kindergarten an bis zur Matura, auch noch in den kirchlichen Häusern wie bei den Schulschwestern von der heiligen Lioba. Franz war gerne bei den Schulschwestern von der heiligen Lioba. Lioba kommt von Liebe. Es war eine gemischte Schule, damals eine Besonderheit.

Dort, bei den Schulschwestern von der heiligen Lioba, war Franz Marinelli schließlich gelandet, ganz freiwillig. Und Mike war auch dabei und saß neben ihm. Es war sein Wunsch gewesen, aus den elterlichen Häusern und Wohnungen zu ziehen, um nicht jede Nacht das *Lügner-Stück* hören zu müssen. Das mußte er nur noch in den Ferien, die also gar keine Ferien waren, sondern die zeitweise Rückkehr in das Familiengefängnis. Es war das billigste Internat von ganz Österreich gewesen, das hatte Franz Joseph herausgefunden; und es war ihm ganz recht, daß er eine Person weniger am Hals hatte. Schließlich hat Franz sogar noch einen Frei- oder Ehrenplatz bekommen, weil sein Vater Ritter vom heiligen Grab war.

Vielleicht rührte sein damaliges Unglück daher, daß Wien nicht am Meer lag.

Franz Marinelli war ein Name, in dem das Meer vorkam. Tatsächlich war er nicht am Meer, sondern nur unter Menschen, die Seemannslieder sangen.

Beim Singen der Seeräuberlieder in der Schule konnte er davon zehren. Der einzige Unterschied war, daß er kein Seeräuber und das Meer, von dem er träumte, nicht grau war. Franz war gerne in der Schule, um nicht im Leben zu sein, vor dem er Angst hatte, als kennte er es.

Die Heimat sehn wir nimmermehr, hullabajo balai balai.

Später würden Mike und er einmal die einzigen auf der Welt sein, die dieses Lied noch kannten. So wurden sie schon im voraus mit der Sehnsucht nach dem Heimweh geimpft. Für das Leben präpariert, das so gewesen sein würde, wie es immer gewesen war, und bis zuletzt wurde noch gesungen davon. So wurde ihnen in der Schule gesagt, was er auch zu Hause hörte, sie sollten nicht soviel streiten, wenn er sich mit seiner Schwester zankte, sie ihm die Finger verbog und er sie an den Haaren zog. Dort hörten sie, sie würden noch lange genug auseinandersein und noch ein Leben lang nicht mehr zusammensein. Und so war es, als wäre dies eine Poesiealbum-Weisheit, erdacht von einer Handarbeitslehrerin im 19. Jahrhundert, als es noch Auswandererschiffe gab, die von Bremerhaven und Hamburg, Genua und Triest ablegten und nie wiederkamen. Und auf dem Schiff war das Gepäck für immer, und das Allerheiligste war das Poesiealbum mit den Andenken. Es gab ja nicht einmal Fotos, es gab nur kleine blutrote Verse mit Bouquets aus Rosen zum Einkleben, geschult an den Rosenmalern. Damals gab es noch Briefe, Heimweh und Heimwehbriefe.

Man konnte sich noch alles schreiben.

Er wußte ja nicht, wo die anderen geblieben sein würden und ob sie noch gelebt haben würden oder ob sie vielleicht schon gestorben sein würden, dereinst in Mürzzuschlag vielleicht oder in Garsten, gleich neben dem Irrenhaus oder vielleicht sogar drinnen. Oder sie lebten mit einer Lebenskrankheit, dem falschen Menschen, wenn auch im Ringstraßenpalais, und hatten zu Lebzeiten schon alles vergessen, was ohnehin vorbei war, und wußten nichts mehr, nicht einmal mehr, daß sie lebten. Der einzige Unterschied zum Koma-Patienten würde sein, daß sie noch herumgehen konnten, so lange, bis sie endgültig *gegangen* sein würden, wie in den Todesanzeigen stand, bis zum Ende, bis es unweigerlich soweit war. Bis es unweigerlich soweit war, ohne daß sie dies bemerkten. Doch was sie sahen, wird nie herauskommen, blaue Blüten, Tamarisken, nichts?

Franz war etwa so groß wie eine *Schwertlilie,* als er das erste Mal sterben wollte.

Anders als die meisten Selbstmörder, die das Leben über nicht an den Tod denken und sich irgendwann vor den Zug stürzen, aus einer augenblicklichen Laune, hatte er sich von jenen Wiener Nächten und auch Tagen an mit dem Tod abgegeben wie mit einem, der einem sicher ist, jenem, an dem man nicht zweifeln muß, auf den Verlaß ist. Als wären der Tod und die Todesangst seine wahren Lebensbegleiter, ja sein zweites Leben, das er neben seinem ersten her führte. Als wäre die Todesangst sein zweites Ich, das neben dem ersten herlief.

4.

Von all dem konnte der leitende Anatom der Pathologie von Havanna nichts wissen, der sonst vor allem die Hingerichteten und die ohne Verfahren Liquidierten auf Todesursachen wie Unfälle oder Mord durch Mitgefangene hin überprüfen mußte für die weiße Weste des Totenscheins.

Es war noch nicht einmal die Identität des Toten festgestellt worden. Er mußte eine Leiche untersuchen, an deren Zehe ein Zettel hing, auf dem *Unbekannter Toter, männlich, ca. 40 Jahre* stand, wie damals in St. Pölten.

Dort hatte ein Kollege, von dem er freilich nichts wußte, dieses Schild vom Fuß seines Vorgängers abgenommen, von der großen Zehe. Das war das Vorrecht eines Pathologen, daß er auch seinen Vorgänger aufschneiden durfte und wieder zunähen und sagen, was er hatte, und wissen, warum er gestorben war.

Damals in St. Pölten: Der Mann war gefunden worden in einer Kabine von *Video Total*, und in seiner Brieftasche fand man die passenden Münzen, und dann noch Telefonnummern und eine Reihe von Polaroidfotos. Die Mutter des Toten hat dies zum Glück nicht mehr erfahren: daß auch ihr Sohn eines Tages in der Anatomie landen würde, auf dem Seziertisch, nur zeitversetzt, nur einen Kontinent entfernt, aber sonst ... So wiederholte sich in ihm der Tod, und noch bis zuletzt waren in den Köpfen und Brieftaschen von Vater und Sohn die Frauen dabei. Wenn auch ein Vierteljahrhundert zeitversetzt, so war es doch das eine, was die beiden, die sonst so gut wie nichts verband, verbunden hat. Man hätte es ihr noch sagen können. Sie lebte nun im vornehmsten Pensionistenheim und sang am Tag, als ihr Sohn auf dem Seziertisch lag, *Kommt ein Vogel geflogen*, doch meist saß sie zwischen Vogelkäfig und Aquarium.

Der Herr Primarius hatte noch im Alter eine lächerliche Angst davor, sich mit Aids anzustecken, und hielt sich für wertvoll, immer noch hielt er sich für etwas Wertvolles und Besonderes, für etwas besonders Wertvolles, dies in einem Alter, in dem ein empfindsamer Mensch längst tot war, zerbrochen an so viel Leben. Er war *ausgebombt* und hatte den Krieg überstanden, auch wenn er nichts dazugetan hatte, und das Leben doch auch; jetzt aber hatte er Angst vor einer ansteckenden unehrenhaften Krankheit, der Arme, so daß er in seiner Tasche ein Handtuch für den Sitz mit sich führte und eine Unmenge an Papiertaschentüchern, und einen Plastikhandschuh hatte er auch. Er dachte, er könnte sich durch eine falsche Berührung den Tod holen, der Tor, als wäre er ein Kind, das noch nicht weiß, wo das Leben herkommt. So führte er sich auf, der Pathologe. Er wußte gar nichts vom Leben: nicht einmal vom Tod hatte er eine Ahnung. Aber Angst hatte er vor ihm. Und dies, obwohl er schon im Sterbealter war; die Sterbetafel der Versicherung sagte, daß sein Jahrgang bald an der Reihe war. Wie er sich jeden Morgen mit seiner Aktentasche davonschlich! Wie er *Frau Regierungsrat!* zu ihr sagte und dazu den Hut abnahm! Wie er mit dem Hut dastand! Wie er seinen Schirm mit sich führte aus Angst vor dem Regen! Claire hatte recht, Männer waren Feiglinge von Adam an …

Bei dieser Leiche aus St. Pölten handelte es sich demnach um den Vater von Franz, einen führenden Pathologen, der sein groteskes Leben nebeneinanderher führte, nicht auf einmal, aber nacheinander: im Ehebett von Claire als Lügner und Schlappschwanz beschimpft. Das stundenlange Sezieren im Hörsaal, das Sich-Ausdenken von Rendezvous, die logistischen Probleme eines Doppel- und Dreifachlebens. Die Probleme mit dem Wohnwagen, den er sich lange vor Claire ausschließlich *dafür* angeschafft hatte, das Suchen und Finden von Stellplätzen von Saison zu Saison.

Die Fahrt durch den Wienerwald als Vorspiel: eine Saison lang war es Rosi gewesen, eine seiner Studentinnen, die am Ende jeden Autoparkplatz zwischen dem Mühlviertel und dem Burgenland kannte und übrigens auch die Begriffe aus dem Jagdleben, die Jägersprache, die sich auf alles um das Geschlechtsleben des Tiers herum beschränkte und eigentlich eine Begattungssprache war. Manchmal verwechselte Franz Joseph in seinem Wohnwagen absichtlich die Begriffe und bezeichnete Rosi mit Wörtern aus dem Tierleben. *Wir waren nachtaktiv wie die Wildschweine* –, dachte er. Und hielt sich, seine Auftritte und seine Erlebnisse in seinem Wohnwagen der ersten Generation ein Leben lang für etwas Einmaliges.

Das einzige, was ihm verblieben war: das Schlüsselloch, hinter dem das Leben lag. Er war nun auf der falschen Seite der Tür. Der Vater von Franz, der berühmte Anatom, war also an diesem Ort in St. Pölten aufgefunden worden, und der Sohn am Meer bei Havanna.

Franz Josephs Tod vollzog sich in mehreren Anläufen. Er war schon einmal vor der Tür mit Plastiklamellen eines Spezialgeschäfts in Wiener Neustadt zusammengebrochen, zum Glück vor dem Geschäft, so daß er nicht drinnen landete, wo die aufblasbaren Puppen herumstanden. Dieses letzte Mal jedoch saß er mehrere Stunden unbemerkt in sich zusammengesackt, eingestürzt und tot wie seine Leichen vor seinen zwei Monitoren mit dem Vergrößerungsbildschirm. Der Film war längst vorbei. Er hätte vielleicht noch gerettet werden können. So aber war er an diesem Ort aufgefunden worden, als Schwein beschimpft: Sie wußten ja nicht, wer das war, konnten aber davon ausgehen, daß es sich um ein Schwein handelte wie sie auch; sie wußten ja nicht, daß da außer einem gewöhnlichen Schwein noch ein führender Anatom zusammengebrochen war, der seinen verdienten Ruhestand nun mit Fahrten nach Wiener Neustadt, Preßburg und St. Pölten verbrachte. So eng war es, daß er gar nicht richtig zusammenbrechen konnte, es war so viel Platz wie im Sicherheitsgurt am Steuer. Es war drei Jahre nach seiner Emeritierung. Und er landete in der Anatomie, in seinem eigenen Institut, und dieser Tod war nicht ehrbar, er wurde von der Straße eingeliefert und lag als *Unbekannter Toter* im Kühlfach, ohne daß ihn jemand erkannt hätte, bis ihn sein Nachfolger doch noch erkannte, als er mit dem Messer kam.

Und seine Frau hat triumphiert über diesen Tod und hat, in die Anatomie einbestellt, *nja, er ist es* und *Lügner!* gesagt, so deutlich, daß es mehr ein Schreien war, so daß es alle hören konnten, auch der Hausmeister und der Leichenwagenfahrer, der die Toten in den öffentlichen Seziersaal schob, und sie hat die Leiche ihres Mannes zum öffentlichen

Sezieren freigegeben, zur Strafe, und die Fotos und Callgirl-Nummern aus dem neuesten *Kurier*, die in seiner Geldbörse als eigentlicher Schatz seines Lebens gefunden worden waren, an sich genommen und noch einmal *so ein Dreckschwein!* gesagt, so daß es alle hören konnten, außer ihm, als wollte sie mit der Welt und ihren Leichenwagenfahrern fraternisieren.

5.

In der Nacht, bevor sein Vater tot in der Kabine des Ehehygienegeschäfts in St. Pölten aufgefunden worden war, fuhr Franz mit dem Schlafwagenzug nach Venedig. Er war nun Student und einundzwanzig Jahre alt und dabei, sich die Semesterferien über etwas Geld als Schlafwagenschaffnergehilfe zu verdienen; und er machte das auch, um in den Ferien nicht nach Hause fahren zu müssen. Die Besuche von Franz zu Hause wurden immer kürzer, und wenn er überlegte, was er mit seinem Vater wirklich gesprochen hatte, so wäre dies alles auf zehn bis zwanzig DIN-A-4-Seiten unterzubringen gewesen. Es ging praktisch nur um Geld, das den Kindern angeblich nicht zustand. Jahrelang mußte er hören, wie teuer er war, als wäre er ein aufwendiges Haustier gewesen. Doch es gab zum Glück die Mutter, die einen eigenen Finanzhaushalt führte und die ihm ab und zu etwas hinter dem Rücken von Franz Joseph zuschob. Sie galt in der Wiener Gesellschaft als *finanzfrisch*, jedoch war sie nicht sehr organisiert in diesen Dingen, Franz Joseph war hingegen einer der geizigsten Menschen, die Wien je gesehen hatte.

Franz hatte seine Freundin dabei. Andrea. Von der benachbarten Bank in der hintersten Reihe.

Zum ersten Mal reiste er mit einer Frau durch die Nacht, die er in sein Dienstabteil geschmuggelt hatte. Es war kalt. Sie froren bis tief in die Seele. Es stellte sich heraus, daß sie tagelang unterwegs sein würden. Immerhin hatten sie die Sterne, die so aussahen wie zuhause. Und auf einmal lag Andrea, blond wie Gott sie geschaffen hatte oder nicht, vor ihm. Dem Tal den Schimmer und dem Ich den Traum. Sie wurden mit einem Mal infantil, als wären sie im Urwald von Neuguinea und glaubten, sie müßten einander fressen. Neuguinea klang sehr schön, sechs Vokale, ein musikbegabtes Volk wie die Österreicher, trotzdem waren sie Kannibalen. Sie waren jung und legten ein Handtuch zwischen sich und die Welt, und die Welt war voller Zitronenfalter, die wie Blätter an den gelben Rosen hingen.

Und dann Venedig – sie verbrachten eine Woche Tag und Nacht gemeinsam, erst zwei Tage im *anderen Wort für Musik*, mit und in ihrer gemeinsamen Liebe, dann per Anhalter in Italien. Es war sehr schön. Auch wie sie die Pizza, die ihr nicht schmeckte, unter den Tisch des schummrigen Lokals warf. Er hätte so etwas niemals geschafft. Auch nicht, wie sie bei *Meinl* praktisch alles mitgehen ließ.

Er hatte damals, das heißt nicht *von Anfang an*, sondern *im Anfang,* eine Neigung ausschließlich zu Frauen, die ihn mit derlei Verhaltensweisen schockierten und anzogen. Und er liebte Frauen, die ihn nicht ganz so liebten wie er sie. Er liebte sie deswegen, weil er all dies am liebsten selbst gemacht hätte, und beneidete sie auch, denn Neid war schließlich die höchste Form der Anerkennung.

Aber seine Freundinnen ließen es deswegen von den Anfängerinnen an auch am letzten Respekt mangeln, weil ihm, wie sie sagten, *zu gewissen Dingen der Mumm fehle*. Immer ist er auf der Stelle eingeschlafen. Immer wieder schlief er ein, wenn er mit ihnen beim Schlafen war. Immer noch. Er konnte und wollte sich das gar nicht erklären und hat niemals einen Psychiater aufgesucht. Alle seine Frauen wollten ihn zum Psychiater schicken. Wenn er recht darüber nachdachte, war dies die einzige Gemeinsamkeit, die alle seine Frauen verband. Im übrigen hatten sie ja recht.

Aber später wollte er doch manches Mal, daß die anderen hätten sehen können, was aus ihm geworden war. Seine Frauen, selbst sein Vater. Wenn er jetzt immer noch errötete und einschlief, so war es doch auf höchstem Niveau. Und: er konnte sich darüber lustig machen auf eine Weise, daß die anderen mit ihm lachten, als wäre er ein anderer.

Die Frauen mochten ihn, weil er sie immer gut unterhalten hat, wenn er nicht gerade einschlief: durch sein Verhalten waren sie amüsiert, sie konnten über ihn lachen und mußten nicht weinen; und die Männer, falls sie es überhaupt bemerkten, auch.

Später würde sich niemand mehr vorstellen können, daß er einmal so ungeschickt im Leben war. Im Anfang, als die Liebe für ihn noch ein spracheverschlagendes Monster war, konnte er nicht lachen. Bei der Liebe lacht niemand. Die Gesichter, je mehr sie sich dem sogenannten Höhepunkt näherten, waren der Beweis, dachte der spätere Fotograf. Wenn er hätte schon hier Aufnahmen machen müssen, dann gewiß nicht für seinen Band *Das Glück.* Die Liebe war, je näher man ihr kam, eine todernste Sache.

Aber bald würde er die Liebe abgestreift haben, und er würde über sie lachen können. Sie würde auf lange Zeit nichts Spracheverschlagendes mehr sein. Sondern dazugehören wie Kartoffelsuppe oder Currywurst.

Franz war und blieb ein großzügiger Mensch, aus Lust und Liebe hilfsbereit, drum wurde er gerade von jenen, denen er helfen wollte, nicht ernstgenommen, so zum Beispiel von Andrea, schon in der Schule nicht: wie er ihre Lateinübersetzung auf der Mädchentoilette deponierte, darüber hat sie nur gelacht, anstatt sich zu bedanken.

Er wäre hingegen beinahe eingeschlafen, ist, nachdem er die Lateinarbeit auf dem Mädchenklo deponiert hatte, tatsächlich eingeschlafen und hätte deshalb beinahe vergessen, seine Arbeit, die nach

15 Minuten fertig war, abzugeben, wäre er nicht geweckt worden durch den guten Lateinlehrer, der die Zeit *ab urbe condita* bis zu seinem Selbstmord durch die strenge Einhaltung der Form, der Fälle und Deklinationen überbrückte.

Lustig war er auch, besonders später, als er das gelegentlich lächerliche Verhalten in dieser abbruchreifen Baracke, genannt Öffentlichkeit bzw. Gesellschaft, abgestreift hatte. Aber war er das nicht schon gewesen, als er damals Mike, der bereits ins Leben verschwunden war, wo es wenig zu lachen gab, vormachte, wie seine Mutter *du Lügner* schrie, so daß man es noch bis zum Lueger-Denkmal hören konnte?

Also hatte Franz viele angenehme Eigenschaften. Wo er die her hatte, wußte er auch nicht. Jedenfalls war er wirklich großzügig: er wollte Andrea Italien schenken. Und das war damals das Liebste, was er hatte. Es zog sie eigentlich nach Rom, dem Ziel der Ziele, aber dann bekamen sie einen Lastwagen nach Pisa, und so blieben sie in Pisa hängen. Den schiefen Turm wollte er immer schon sehen.

Es war eine große Gleichzeitigkeit: Er stieg hinter Andrea auf den schiefen Turm, und seine Augen waren Trabanten der Appetit machenden Erscheinung Andreas, die Wendeltreppe turmaufwärts sich entziehend, mit jenem Mittelpunkt des Universums eines Einundzwanzigjährigen drei, vier Treppenstufen über und vor ihm – während sein Vater gerade auf dem Seziertisch lag. Davon wußte

Franz freilich nichts. Er wußte nur, daß *lieben* ein Tu-Wort war.

Aufgrund seines Vorlebens, das eher einer Vorgeschichte ähnelte, war aus Franz bisher nicht gerade ein Mann oder Experte geworden, der wußte, wo's langging. Er wußte nur, daß er hinter Andrea her auf den schiefen Turm wollte und seine Augen Trabanten waren, die niemals mit der Sonne eins sein würden.

Aber was seine Schlafwagen-Gäste wollten, wußte er schon gar nicht, daß sie zum Beispiel schlafen wollten, wie er.

Franz war nur für einen Wagen zuständig und hatte eigentlich nichts anderes zu tun, als sich für Menschen, die im Schlaf von hier nach dort wollten, bereitzuhalten. Doch dann trat er, um nicht im Stehen einzuschlafen, mit dem verwegenen Mut eines Schüchternen, während Andrea, als seine Gehilfin verkleidet, bereitlag, auf die schon Schlafenden zu, weckte sie, um zu fragen, ob sie einen Wunsch hätten in jener Nacht, die dem Tag vorausging, an dem sein Vater in St. Pölten aufgefunden worden war. Wir wissen zum Glück ja meist nicht, was anderswo gerade geschieht.

Es war wohl auch Unsicherheit, daß er immer wieder in der Nacht Schlafende weckte, um sie zu fragen, ob sie einen Wunsch hätten oder nicht. Tagsüber, wenn seine Gäste gerade weggetreten waren, irgendwie selig und schon dabei, leicht zu schnarchen, hat er sie aus Rücksicht auf die anderen geweckt, und die hätten sich eigentlich bei ihm bedanken müssen, haben aber nur den Kopf geschüttelt über ihn. Er war schon einundzwanzig.

Er war ein hilfsbereiter Mensch, und das blieb er, während er seine parzifalischen Eigenschaften später abstreifen sollte. Sie traten aber vielleicht auch nur in den Hintergrund. Wer glaubt schon, daß sich ein Mensch ändert: es kommt nur zu verschiedenen Zeiten Verschiedenes von ihm zum Vorschein.

Franz war der tölpelhafte, ungeschickte, junge, dilettantische Zugschaffner, der er im Grunde immer bleiben würde, wenn auch dereinst nicht mehr ganz so taufrisch und morgenschön wie jetzt, da es Menschen gab, die sich auf der Straße nach ihm umdrehten und im Vorbeigehen eine Visitenkarte in die Plastiktasche schmuggelten mit der Frage nach Honorarvorstellungen und Terminen für ein Casting. Er selbst wußte nicht, wie schön er war. Andrea hat es ihm nur mit den Augen gesagt. Nur mit ihren Händen, die den Weg zu ihm suchten. Wenn sie etwas sagte, betraf es meist seinen Status als Tölpel.

Und doch gab es Menschen, die glücklich waren, daß es ihn gab.

Manchmal gehörte auch er zu diesen Menschen.

Der Rest der Welt hat es ihm meist auch nur mit den Augen gesagt, und er hat es nicht verstanden. Und schon bald würde es zu spät sein –

Er weckte tief schlafende Herren, auch aus Sorge. Denn er bildete sich ein, es könnte ihnen etwas passiert sein. Es sah ja oft nach Koma oder

Anfall aus, wie sie nach hinten oder zur Seite hin weggekippt mit offenem Mund dalagen und röchelten. Er weckte sie, um sie zu fragen, ob sie *einen Wunsch* hätten, Herren, die vielleicht lange genug keinen Wunsch mehr gehabt hatten und eigentlich dankbar sein sollten für diese wenn auch zum falschen Zeitpunkt gestellte Frage, die von einem derart reizenden und liebenswürdigen Menschen kam. Und er zählte sogleich auf, was er im Angebot hatte: heute eine Tasse Melange mit Marillenstrudel für nur fünfzig Schilling statt siebzig. Und er sagte *Habe die Ehre*, wenn sie ihn verscheuchten.

... einen Wunsch haben. Franz hatte diese schöne Frage eigentlich nie gehört. Er hat ihn aber lange Jahre von den Augen von Menschen ablesen können, die zu spät kamen. Dabei war er zweifellos voller Wünsche, vor allem von dem einen. Er lief hinter ihr her, als wäre sie sein Frauchen, unterwegs auf den schiefen Turm seiner Liebe.

Und schon war es Zeit, die Rückreise anzutreten. Erste Station Florenz. Es war überhaupt kein Problem, ein Fahrzeug, einen LKW, zu bekommen. Das Problem war dann die Fahrt oder der Fahrer mit seiner verunreinigten Phantasie und seinen Fingern. Gleich hinter Lucca wollten sie aussteigen. Das heißt vor allem Andrea, die in der Mitte des Führerhauses saß, ganz nahe beim Schaltknüppel und dieser Hand.

Von Venedig aus hatte Franz wieder eine Schlafwagentour, als gäbe es einen Weg zurück. Allein.

Ohne Andrea. Sie war auf dem Ponte Vecchio zurückgeblieben. Hat vielleicht da den Mann ihres Lebens kennengelernt, den Franz nie kennengelernt hat.

Ihm blieb nichts anderes übrig, als allein zurückzufahren. Und wie immer hatte er ein wenig Angst, die sich ein Leben lang immer einstellte, wenn er abends an einem fremden Ort ankam und noch kein Bett hatte, wie jetzt, als er auf dem Eisenbahndamm zwischen Mestre und der Insel fuhr und noch keine Übernachtung hatte. Sich einstellte auf eine Nacht in einem der ungemütlichen Schalensitze im Wartesaal zweiter Klasse, die bei normalen Menschen den Schlaf unmöglich machen, unmöglich machen sollen, zur Strafe, daß sie zweiter Klasse durchs Leben fahren. Aber er konnte auch so schlafen. Oder mit Glück noch in der Jugendherberge auf der Guidecca.

In Venedig hätte dann ein Telegramm aus Wien liegen müssen. Aber er bekam es nicht. Es traf aufgrund des damaligen italienischen Postsystems mit einer Verspätung von drei Jahren ein. Da war Franz schon wieder ganz woanders und über die schlimmste Zeit hinweg. Claire hatte behauptet, es ihm geschickt zu haben. Doch Claire hatte es vielleicht gar nicht geschickt, wie er argwöhnte.

Als er auf der Rückreise eine Woche später, auf der Höhe von Klagenfurt, in seinem Abteil eine alte *Presse* fand, war sein Vater schon beerdigt, und Franz war mit einem Mal aus seinem Trennungsschmerz herausgerissen. Andrea hatte ihn verlassen und war für immer in eine andere Richtung gegangen. Jetzt kam dies hinzu. Aber er lebte immer schon nach der Devise, daß zwei Schmerzen leichter zu ertragen sind als einer. Schon als Kind: Zahnschmerz allein war nicht zu ertragen, es mußte noch etwas anderes dazukommen.

Herr Geheimrat Universitätsprofessor
DR. FRANZ JOSEPH MARINELLI
Träger verschiedener hoher in- und ausländischer
Titel und Auszeichnungen
Ehrenritter vom heiligen Grab
Außerordentliches Mitglied der Päpstlichen
Akademie des heiligen Lazarus
ist für immer von uns gegangen …

Er liebte sein Wohnmobil. Wir liebten ihn.
Er wurde im Kreis seiner Jagdkameraden beigesetzt.
Keine Beileidsbekundungen.

Ansitz Gloggnitz, in den Hundstagen A.D. 1981
Claire Marinelli-Eber-Benedetti
Franz Marinelli
Univ. Prof. Engelbert Marinelli mit Gatten
Ilenea Strudel mit Garten

Es hatten sich auch noch zwei Druckfehler eingeschlichen, wenn dies nicht eine letzte Anordnung seiner Mutter war. Auf den drei Pünktchen nach *ist von uns gegangen* hatte sie jedenfalls bestanden.

Als Franz seine Mutter dann von einem öffentlichen Münzfernsprecher am Südbahnhof aus anrufen wollte, ging sie nicht ans Telefon. Über Onkel Henry und Tante Mausi, die die Wahrheit in die Muschel hineinschrien, erfuhr er dann vom selben Telefon aus, wie es gewesen war. Mit den Stichworten *Herzversagen, St. Pölten, als „unbekannter Toter" in der Anatomie gelandet, Schock deiner Mama, wahrscheinlich endgültig verrückt geworden, Klavierspiel* kam er schließlich am Stubenring an. Mausi: Deine Mama schleppt Blumenkübel hin und her, als wären es Argumente, und wollte wahnsinnig werden bei dem Gedanken, daß dieser Mensch Mutti zu ihr gesagt hatte und das Mutti Vati gesagt hatte zu ihm und daß sie nie wieder Vati sagen könnte. Schon im alten Gußeisenaufzug konnte er den *Bechstein* hören, wie sie *wie eine endgültig Verrückte Skrjabin spielte*, eine Musik, der sie nie gewachsen sein würde, und sie hat, da es zwischen den Tönen praktisch keine Pausen gab, überhaupt nicht gehört, wie Franz sie herauszuklingeln versuchte aus ihren Noten.

Sie traktierte den Flügel wie zu Zeiten, als sie an der Akademie für die Aufnahmeprüfung zur *ausgebildeten Konzertpianistin* übte. Vielleicht wollte sie es jetzt noch einmal versuchen.

Der *Bechstein* war damals zur Strafe, daß sie die Aufnahmeprüfung nicht bestanden hatte, von ihr verkauft worden. Sie hatte eine Anzeige in der *Presse* aufgegeben: *Bechsteinflügel, erste Provenienz, Lieblingsinstrument von Alban Berg*, und hatte sich, als zur verabredeten *Besichtigungszeit zwischen 4 und 6 Uhr nachmittags* der erste Interessent klingelte, in einem Pelzmantel bis zum Eintreten dieses Mannes, eines angeblichen letzten Schülers von Alban Berg, sofort an dieses herrliche Instrument gesetzt und im Pelzmantel *Pour Elise gespielt, das einzige, was sie fehlerfrei spielen konnte*, sagte Mausi. Tante Mausi hat den Mann hereingelassen, und Claire hat immer weitergespielt. Er war vom Instrument sehr beeindruckt und wollte den Preis wissen. Sie sagte: *Eine Million – soviel hat uns der Musikverein geboten*, worauf sich der Berg-Schüler bedankte und sagte: *Dann geben Sie es dem Musikverein!* Und Claire blieb auf dem Bechstein sitzen und verkaufte ihn schließlich zur Strafe weit unter Wert ans Café Savoy auf der Linken Wienzeile, eine Pianobar, in der dieser Flügel heute noch steht.

Er mußte seine Mutter schließlich aufgeben, nachdem sie zunächst einige Tage triumphiert hatte über den Tod und mit der Erklärung, für die Aufnahmeprüfung ins Konservatorium zu üben, tage- und nächtelang am Klavier saß. Angeblich spielte sie Skrjabin, was sich aber eher wie *Kommt ein Vogel geflogen* anhörte, und sprach dabei auch noch wie Glenn Gould in ihr Spiel hinein und murmelte *Lügner*, flüsterte und schrie und brach immer wieder schlafend zusammen, was lebensgefährlich war.

Er hat sie – da war sie gut fünfzig Jahre alt – ins teuerste Pensionistenheim Wiens gegeben, weggeben müssen, da sie endgültig verrückt geworden war. Arme Mutter.

Aber dies wäre eine andere Geschichte.

Es folgten Jahre, und schon war es Abend.

6.

Jetzt war Franz Marinelli dreißig, und der Mensch war in diesem Alter saniert oder er kaute Fingernägel. So sagte wenigstens Onkel Henry, und Tante Mausi sagte es auch.

Die Stimme der Stewardeß forderte zum Schließen der Sicherheitsgurte auf, als wollte sie ein Kinderprogramm ansagen. Henry und Mausi waren hochgemut und wohlgestimmt, als hielte das Leben immer noch etwas für sie bereit. Franz auch. Sie machten Gesichter wie Menschen, die *Im Frühtau zu Berge* noch kennen, aber längst mit dem Singen aufgehört haben. Es war morgenschön und morgenfrüh, und sie wollten verreisen. Bis zum Abheben glücklich. Es war ein Glück, das sich im Wegfliegen einstellte. Das Fliegen war ein Wegfliegen.

Onkel Henry und Tante Mausi waren ziemlich klein, aber das sah man nur im Vergleich. Standen sie für sich, wirkten sie groß. Und sie waren schon derart eins, daß sie manchmal Gewissensbisse hatte wegen seiner Laster: als wäre sie es gewesen, die den Kellnern hinterherschaute, die vor ihnen auf und ab gingen, als wäre es im Maxim.

Niemals war Henry ihr untreu geworden. Allerdings schaffte sie es auch nie, seine Blicke zu domestizieren, die oftmals in eine falsche Richtung gingen, was die Menschen und auch das Essen betraf. Er liebte beides, das eine üppig, das andere süß. Die Welt war voller schöner Kellner und Menschen, die an den Tisch kamen und sich herunterbeugten und nach Befindlichkeit und Wünschen fragten. Am Ende wog Henry über zwei Zentner und seine von herumschweifenden Augen ablesbare Sehnsucht auch.

Mausi und Henry flogen Business: *Wir fliegen so selten*, sagten sie. Die Andacht, mit der die Menschen das Wort *Business Class* aussprachen, erinnerte Franz an die Bewunderung der Historiker für die Geschichte allein deswegen, weil etwas geschehen war. Es war der Horror vacui der Historiker vor der leeren Zeit, und Franz dachte an seine Liebe, damit die Vergangenheit nicht ganz leer aussah. Die Erinnerung war eine Narbe, die nicht ganz verheilt war. Franz flog nun über zentrale Stellen aus seinem früheren Leben hinweg, die Orte, wo er vor zehn Jahren als Schlafwagenschaffnergehilfe und als Liebender unterwegs war, die Südbahn, der Semmering, die Berge von oben, alles lag bald unter und bald hinter ihm; er überblickte jene Pässe und Höhen noch einmal, über die er einst fast nicht hinweggekommen war.

Franz saß mit Onkel und Tante im Propellerflugzeug der Alitalia, und sie überflogen gerade den Gardasee bei Salò. Dann landeten sie auf einer ziemlich ruppigen Piste bei Brescia. An einem sogenannten Empfangsgebäude, das auf dem Rückweg zur Abfertigungshalle mutiert sein würde, konnten sie von ihrem kleinen Bullauge aus in großen Lettern *AEROPORTO INTERNAZIONALE DI BRESCIA* lesen. Von Brescia selbst war und blieb nichts zu sehen. Die Reise ging im Mietwagen weiter, mit Franz am Steuer. Das war seine Aufgabe, die beiden sicher ins Cipriani zu bringen, und sich auch. Onkel Henry war ein, wie es hieß, bedeutender Kunsthistoriker, und seine Frau Mausi begleitete ihn ein Leben lang, ins Cipriani nach Asolo im klimatisierten Fahrzeug, bis unter den Baldachin im Hof des Palazzo, von dort zu Fuß und zuletzt noch mit Blicken. Dann waren sie auf drei Zimmer mit prachtvollen Fresken aus dem 16. Jahrhundert verteilt, Zimmer mit Minibar für 500 Dollar pro Nacht im Himmelbett auf Einzelbasis. Franz konnte draußen dann, allein auf seinem Himmelbett liegend, die Amseln und Motoguzzis hören wie aus einer anderen Welt, an der er bald keinen Anteil mehr haben würde. Es war alles schon so weit weg. Und bald noch weiter. Das war das Gefühl seines Lebens mit dreißig.

Kuba, die Schildkröte … Den Träumen seiner jungen Jahre war Franz inzwischen untreu geworden, oder anders: sie waren ihm untreu geworden und irgendwohin verschwunden, wie in einen Hinterhalt, um dann an einer entscheidenden Stelle auszubrechen und ihn zu überfallen.

So war es: immer wieder holte ihn die Vergangenheit überfallsartig ein.

Nur der Schlaf blieb ihm treu.

Franz hatte manch bitteres Wort, das Leben betreffend. Es gab auf der Welt, und oftmals in Sichtweite, niemals aber Reichweite, Menschen, die als Schönheiten ihr Leben führten, beobachtet und unerreichbar für Häßlichkeiten, die den Satz *ich liebe dich* nur von ihresgleichen oder einem Lügner, von einem Christen oder einer so gut- wie langmütigen Ehefrau oder einem sonstwie barmherzigen Menschen hören würden. Menschen, die, wenn sie es ernst meinten, diesem *ich liebe dich* insgeheim ein niemals ausgesprochenes *trotzdem* folgen ließen.

Eine Woche vor der Reise hatte Franz zusammen mit Tante und Onkel den Pasolini-Film Teorema wiedergesehen, wo ein Engel erscheint, der alles kaputt macht, und somit auch die wunderschönen überall und nirgendwo hinführenden Alleen, die es damals in der Poebene noch gab und die nun alle verloren wären, wenn sie das Kino nicht aufgehoben hätte. Dort fuhr damals Silvana Mangano, die Frau des Fabrikdirektors, eines Tages im November, und dann konnte man sehen, wie der Mann sich über sie hermachte, dazu Mozarts Requiem, *Dies irae*, und am Ende tauchte die Frau des Fabrikdirektors aus ihrem Graben auf mit zerzaustem Haar und einem verstörten Gesicht, wie man es bis dahin im Kino nicht gesehen hatte und sonst auch nicht. Der heruntergekommene Kerl rückte seine Hose zurecht mit dem Stolz des Arbeiters, der gut war, und sie stieg in ihren Mini ein und fuhr wieder Richtung Milano, *Dies illa*, und schrie so laut und lang, wie man es auch in der Poebene noch nie gehört hatte und sonst auch nicht, schneidend, wie die Allee gerade war.

Die Scrovegni-Kapelle war also geschlossen.

Das Cipriani war als Ausgangspunkt für die Palladio-Villen gedacht, die ihnen Henry zeigen, wenn nicht erklären sollte. Dann aber war Henry zu Hause geblieben, in seiner Suite mit den Fresken, weil er angeblich wieder unpäßlich erwacht war, nie ganz gesund und nie ganz krank, an diesem Morgen jedoch, als es zur Villa Rotonda gehen sollte, *definitiv krank*, wie er sagte. Mausi und Franz haben nie recht herausbekommen, warum Henry das Hotel praktisch eine Woche nicht mehr verließ. Sie vermuteten bald, daß es mit dem Kellner Michele, der auf ihren Tisch abgestellt worden war, zu tun haben könnte. Oder mit Sandro, dem von der Bar. Vielleicht auch mit beiden. Henry saß ja oftmals in der Bibliothek oder in der Bar bei den Zeitschriften und tat so, als läse er. Er hat aber vielleicht nur das schöne Foto von Che Guevara in der Cipriani-Bar bewundert, aufgenommen in dem Augenblick, als der Held gerade als Sieger von der Sierra Maestra heruntergestiegen ist, die Pistole noch in der einen Hand und in der anderen die erste Cohiba nach dem Sieg. Und

Henry konnte seine Bewunderung nicht zurückhalten, wenn er sonst auch wenig revolutionäre Gesinnung zeigte. Sandro an der Espressomaschine vor dem Foto von Che Guevara –

Henry hat Europa nie verlassen, deswegen war für ihn Italien der Gipfel der Erotik. Wenn er erst nach Kuba gekommen wäre!

Schon am zweiten Tag, als er beim Frühstück erklärte, er könne heute nicht fahren, seine Frau und Franz aber drängte, sich doch mit dem schönen Wagen irgend etwas Schönes anzusehen, war Franzilein, wie er vom Onkel genannt wurde, noch mehr aber vielleicht Mausi der Verdacht gekommen, es könnte mit diesem Sandro zu tun haben, der doch gar nichts anderes machte, als dazustehen und auf Bestellungen von Cocktails und sonstigen sogenannten Drinks zu warten und diese dann mit einem geschäftsbedingten Lächeln zu apportieren. Er machte doch gar nichts, er ging doch nur hin und her, als wäre es ein Kinderspiel.

Sie sprachen ja niemals richtig über Henrys lebensbestimmende Verhaltensweisen, als wären sie ein Alterstick. Sie haben nur die Augen verdreht, als wären es Kapriolen. Sie wollten nicht anerkennen, daß es um Leben und Tod ging, und nicht nur um eine Art Migräne.

Henry sagte, es gehe ihm so schlecht, ihm sei derart übel, daß er *keineswegs* in der Lage sei, eine anstrengende Fahrt zu einer dieser Villen mit all den Treppen ohne einen einzigen Aufzug mitzumachen und gar die Führung vor Ort durchzustehen.

Die beiden verließen also Asolo, um in Padua die Scrovegni-Kapelle zu besichtigen. Henry hatte dem Duo noch diesen und jenen Hinweis gegeben, Dinge, auf die sie besonders achten sollten, und sie dann weggeschickt und weggewinkt.

Also fuhren sie durch das schöne Asolo, an der ersten Villa Palladios, der nächstliegenden, vorbei, und fädelten sich ins Leben auf der SS 248 ein.

Eigentlich gab es in Italien ja damals schon nur Oasen von Italien. Das wußte jeder, konnte es aber immer wieder nicht glauben.

Auch Padua war eine Enttäuschung. Sie hätten eine Pizza essen können oder auf dem Platz vor der Basilika, die eingerüstet war, einen Cappuccino – der übrigens in Wien erfunden wurde – zu sich nehmen können oder eine Grappa, was zumindest besser klang als Trester-Schnaps, aus Enttäuschung. Da die Scrovegni-Kapelle nicht zugänglich war, beschlossen sie, traurig, aber auch skeptisch wie nach jedem Museumsbesuch in Italien, im Argwohn, daß das Museum nicht alles zeigte und die schönsten Sachen vorenthalten wurden oder schon gestohlen waren oder durch unsachgemäße Lagerung auf immer zerstört, vielleicht doch den Rückweg anzutreten, vorzeitig schon zum Mittagessen nach Asolo zurückzukehren.

Es war also noch nicht einmal halb eins, als sie sich wieder zum Parkplatz und zum Auto aufmachten und zum Mittagessen im Cipriani in Asolo.

Tante Mausi wollte sich noch kurz frisch machen, während Franz sich sogleich in den

Speisesaal begab. Henry, dachte er, liegt nun im Bett und hält den Mittagsschlaf von eins bis fünf. Auf Reisen zog er sich ja immer von den anderen auf mindestens drei Stunden zurück. Kaum daß er sie gesehen hatte, zog er sich wieder von ihnen zurück, vielleicht tatsächlich aus Müdigkeit, aber vielleicht auch, um wieder zu ihnen zurückkehren zu können. Und zu Hause machte er es auch so: Jeden Tag zog er sich mindestens ein Mal von sich selbst zurück. Der lange Tag wäre sonst nicht zu ertragen gewesen. Das Einschlafen gehörte für ihn von allem, was er vom Leben kannte, zum Schönsten. Und das Aufwachen auch, nun da er sich sein Leben einrichten konnte, wie er wollte. Längst hatte er keine sogenannten Verpflichtungen mehr: Eigentlich stand er nur noch auf, um sich spätestens gegen halb zwei wieder hinlegen zu können, um einzuschlafen und wieder aufzuwachen, immer mit der süßen Vorstellung, es könnte das letzte Mal sein und er seinen Tod verschlafen. Doch eines Tages reagierte er auf kein Zureden mehr, auf keine Ermutigung, und keine Aussicht auf eine Coupe Danmark. So war die Liebe in ganz unterschiedlichen Krügen am Brunnen geholt worden, wo sie brachen.

Als Franz aber durch die Glastür hindurch gegangen war und schon im Speisesaal stand, sah er, daß an dem für sie reservierten Tisch *unweit vom Fenster, so daß nicht zu viel, aber auch nicht zu wenig Licht hereinkommt*, wie des Onkels Lichtanweisungen schon bei der Bestellung der

Zimmer gelautet hatten, Henry saß. Er hatte seine quadratmetergroße Stoffserviette über sich ausgebreitet und blickte erwartungsvoll wie ein Kind vor der Bescherung auf den Kellner, der gerade dabei war, den Hauptgang zu flambieren.

Da vergaß Franz den Rest der Reise.

Denn Franz Marinelli war bei diesem Anblick die Idee zu seinem Bildband gekommen, ja zu seiner Berufung: schlagartig und augenblicksweise wußte er nun, wie es weiterging. Er wollte endgültig nichts als Menschen festhalten im Augenblick unbezweifelbaren Glücks: und das war der Augenblick, wenn der Teller kam, und dann noch einmal, kurz bevor die Gabel den Mund erreichte. Denn was Marinelli vor sich hatte, war ein glücklicher Mensch.

Der Mensch, auch Franz, hatte viele Ideen, aber meist kam keine einzige davon zur Ausführung: Was er ein Leben lang sagte und dachte, verschwand im Normalfall spurlos. Franz hatte bis dahin nicht gewußt, was er werden sollte, was aus ihm werden sollte. Fotografieren und gelegentliches Tingeln als Reiseleiter, das war gut, solange er noch einen Studentenausweis hatte, doch das war nichts fürs Leben. Schon war das Leben dabei umzukippen, und er stand noch nicht einmal richtig, stand immer noch vor dem Leben. Das Leben war eine einzige Folge von Plänen gewesen. Und dabei war es bisher geblieben.

Ganz früh hatte er schon einmal die Idee einer Foto-Anthologie gehabt: *Die Unordnung*. Zimmer von Menschen, die einfach nicht aufräumen können. Oder die Sache mit den Bänkchen, auf denen vorwiegend Damen saßen, die ihren Kopf gegen die ersten Sonnenstrahlen, vielleicht waren es auch die letzten, reckten und dabei die Augen geschlossen hielten. Das konnte in den Parks der Kärntner Badeorte oder im Salzkammergut beobachtet werden oder auch am Meer im Abendlicht, von Liebe und Verzicht gezeichnete lächelnde Gesichter in der Nachfolge Buddhas – es gab schon einige Aufnahmen. Aber sie lächelten gar nicht. Es war nur ein Reflex, der sich einstellte im Gegenlicht.

Erst mit diesem Band mit dem Titel *Das Glück* hatte Marinelli nun wirklich etwas, und er war so sehr davon überzeugt, daß er sofort Angst bekam, ein anderer könnte ihm die Idee stehlen und vor ihm mit diesem Projekt kommen. (Die sogenannten Künstler sprachen ja am liebsten von *Projekten.*)

Dann dachte er daran, nur berühmte Personen beim Essen zu fotografieren, die schauten nämlich genauso glücklich, zumindest wenn sie sich nicht beobachtet glaubten; nur weniges war verblieben, was die Menschen verband auf dieser Welt.

Der Tod war vermutlich das einzige, was die Menschen auf der Welt noch verband, nachdem sie einmal geboren waren.

Lange hatte Franz gedacht, daß das Glück nicht fotografierbar war. Aber nun, im illuminierten Glanz eines flambierten Hauptgerichts, hatte er gesehen, daß es das Glück wirklich gibt, wenn auch nur augenblicksweise. Und daß es fotografierbar war.

Leider hatte er seinen Fotoapparat nicht dabei.

Er, Henry, saß als einziger in diesem Belle-Époque-Raum, die Flamme wurde durch die Wandspiegel bis in die Augen von Franz geworfen und das Gesicht von Henry auch: Das war der Augenblick für Marinellis Bildbandprojekt mit den Aufnahmen von Menschen in dem Augenblick, wenn der Teller kommt, beziehungsweise der erste Bissen im Mund verschwinden soll. Nie wieder hat Franz einen derartig glücklichen Menschen gesehen wie Henry in jener tausendstel Sekunde, bevor die Gabel den Mund erreichte.

Zunächst hatte er seinen Bildband durchaus breiter anlegen wollen: alle Glücksmomente, die von Gesichtern abzulesen waren, wollte er, wenn schon nicht festhalten, so doch dokumentieren. Sein Ansatz war auch anthropologiegeschichtlich: *Der verewigte Augenblick.*

Aber selbst beim Glück spielten die Menschen noch, sich versuchten selbst bei der Liebe, im Bett, sich über die Erregung eines anderen Menschen einen Vorteil zu verschaffen, indem sie vorspielten, mit diesem Menschen glücklich zu sein. Marinelli hat sich also für das eindeutige, unbezweifelbare, wenn auch vielleicht ebenerdige Glück entschieden und nicht für Menschen kurz vor dem Orgasmus.

Zurück in Wien, hat er auch gleich mit den Aufnahmen begonnen. Er war ja vor allem Schriftstellerfotograf und hat ihnen oftmals in deren

Gesichtern herumfotografiert, kurz bevor sie zu ihrem ersten Satz ansetzten, der oftmals ein unglücklicher war. Er hätte aber auch einen ganzen Band mit Gesichtern aus der ersten Reihe in den Lesesälen der Stadtbüchereien füllen können, die verträumt lächelten, was dann wie Glück aussah, kurz bevor der Schriftsteller zu seinem ersten Satz ansetzte.

Mochte der Schriftsteller selbst auch Anwandlungen von Glück haben, wenn er aus seinen Sachen vorlas, so daß er oftmals gar nicht aufhören wollte und der Hausmeister das Licht ausmachen mußte, so ließ er es jedoch niemals zu, daß es auch nach Glück aussah. Er schaute eher so, als wäre er gerade besonders unglücklich und verstellte sich derart; im Gegensatz zu den meisten Zuhörern ab der zweiten Reihe, die unverhohlen unglücklich waren oder jedenfalls gelangweilt, mit bis ins Verdrießliche spielenden Mienen verärgert, darüber, daß sie hier sein mußten und bleiben und ihnen wieder einmal ein schöner Abend gestohlen wurde, und schon waren sie dabei einzuschlafen.

Das Glück mancher Gesichter weiter hinten resultierte oftmals aus dem Umstand, daß ganze Reihen eingeschlafen waren, so daß es aussah wie in einer Schlafklinik. Und die, die nicht schliefen, träumten und schauten zum Fenster hinaus oder noch weiter.

In Lesungen saßen ja oftmals Menschen, die nicht freiwillig gekommen waren, Leute von den Zeitungen zum Beispiel, der stellvertretende Bürgermeister oder die Leiterin der Bücherei; die hielten dann kleine Reden, in denen vom Glück gesprochen wurde, den Schriftsteller zum Kommen bewegt zu haben, und wie glücklich sie selbst darüber waren. Das eigentliche, fotografierbare Glück aber sah man dann erst beim kleinen Imbiß auf den Gesichtern, die vielleicht auch manches Mal sagten: *Ich will endlich leben!* Weil sie sich nicht zu sagen trauten: Ich will endlich lieben, bumsen, Cha Cha Cha.

Alles, was er und sie während dieser oftmals gnadenlos sich hinziehenden Stunden wollten, war: leben, und nicht den gescheiterten Lebensversuchen eines Schriftstellers folgen. Was war schon ein Roman! War es etwas anderes als ein Reanimierungsversuch? Ein verzweifelter Wiederbelebungsversuch: etwas Totem Leben einzuhauchen. Etwas, was vorbei war, wiederauferstehen zu lassen. Ein solches Schreiben war ja kein Traum, sondern ein Alptraum. Schreiben war doch oftmals nichts anderes als eine Form des Wahnsinns: als wäre noch ein Buch nötig gewesen; sich einzubilden und auch noch davon zu leben, daß das, was war, nicht alles war. Daß ein Mensch, der keine Zukunft mehr hatte, noch Zukunft hatte.

War ein Schriftsteller der einzige, der nicht wußte, daß das alles vergebens war? Und auch noch alles aufschreiben im Nachhinein? Das war es. Rekonstruktion des Universums, wie es hätte sein können, anhand der dürftigen Daten eines Lebens, wie es war, um sich schreibend von ihnen und vom eigenen Leben abzusetzen und dieses schreibend noch einmal zu verraten.

In ihrem Haß und Neid auf die Fotografen bildeten sie sich ein, daß das, was die Augen des Schriftstellers sahen, angesiedelt war in jenem Bereich, wo das Auge des Fotografen nicht hinkam. Doch was ihre Augen sahen, war jener Bereich zwischen Makro- und Mikrokosmos, die Sonne so groß wie eine Sonnenblume, ein Stern so groß wie ein Sandkorn und dazwischen seine Augen als Wesen der Mitte, irgendwo dazwischen ... Schriftsteller waren Fotografen des Unsichtbaren, das bildeten sie sich wenigstens ein.

Die Vergangenheit, an sich ein Nebenschauplatz der Geschichte, war das Hauptkapital eines Schriftstellers und drohte seine Gegenwart zu ersticken. Mischte sich oftmals ein und wurde böse. Und so waren die Fotos, die er von den Schriftstellern machte. Ach, sie alle konnten mit dem Tod in Schach gehalten werden.

Das Unglück war das Kapital aller, die schrieben. Und daß sie weit weg von den Palmen leben mußten. Ihre Geschichte war eine einzige Vergangenheit, nur das Unglück war gegenwärtig.

Diese Schriftsteller saßen da, als richteten sich die Sterne nach ihnen und der gestirnte Himmel wüßte davon, und damit das Horoskop stimmte, drehte sich das Universum um diesen einzelnen Menschen, der mutterseelenallein im Zentrum des Universums stand und ging, lebte und starb. Das sollte alles sein?

Und Franz war wieder einmal eingeschlafen und träumte.

Das waren ja auch die Gedanken, die Franz gekommen waren, als er seinen Onkel Henry erblickte im Augenblick der Illumination, als der Teller kam mit Dingen, die auf immer in seinem Mund verschwinden würden.

Franz hatte sich zuerst für die Schriftsteller-Lesungen-Variante entschieden, dann aber Menschen auf dem Bild gehabt, die sich langweilten und eingeschlafen waren oder die aus Verärgerung nicht einschlafen konnten, aber gerne eingeschlafen wären, demonstrativ, um ihrem Ärger ein Gesicht zu geben, um zu zeigen, daß es keine Literatur war, was da geboten wurde, sondern Dreck und Mist, den da einer vor ihnen ausbreitete. Die einzig Glücklichen bei einer Lesung waren die Schriftsteller selbst, auch wenn man es ihnen nicht ansah, wenn sie da in ihrem schwarzen Anzug erschienen und eine Trauermiene aufgesetzt hatten, bevor sie mit ihrem ersten Satz begannen, der ja oftmals ein unglücklicher war, in jeder Hinsicht. Also hat Franz sie schließlich aus seinem Bildbandprojekt *Das Glück* herausgenommen.

Das hatte Franz bald bemerkt im Leben, daß die Menschen immer hinterher am glücklichsten waren, ob bei der Liebe, einem Leichenschmaus, in Vorfreude auf die Eröffnung des Testaments, oder eben nach einer Lesung: immer erst hinterher, beim Festbankett, wenn bei der Tischrede noch einmal gelobt und gerühmt wurde und die Augen schon herumschweiften und suchten, wo die Flasche war oder der Ober mit der Flasche und wann die Frage nach Rot- oder Weißwein kam, wo im sogenannten kleineren Kreis die Schüsseln standen und von welcher Seite aus Nachschub erhofft werden konnte.

Oder bei minderen Veranstaltungen hatte er sie fotografieren können, wie sie beim kalten Büffet argwöhnisch und lüstern darauf achteten, ob auch ja die Reihenfolge eingehalten wurde und wer sich da wieder zu den vorgewärmten Tellern vordrängte. Und wie allmählich die Stimmung umkippte, während der Teller leerer wurde, und wie sich wieder irgendwann, aber gewiß, jenes Glück einstellte, die Vorfreude, wenn im Gehirn der Satz: *Jetzt werde ich gleich aufstehen und zu den Nachspeisen gehen und den Teller ganz voll machen* erschien. Und wie sie an ihre Tische zurückkamen im Glauben, sie hätten noch etwas bekommen, was die nach ihnen nicht mehr bekamen, daß sie etwas hätten, was es nicht mehr gab. Denn das meiste war immer schon abgefressen.

Es war nur ein Augenblick, wie oftmals im Leben, dem er Jahre zu verdanken glaubte oder ein Leben: Henrys glücklicher Augenblick. Aber er hatte eben keine Kamera dabei. Die Erinnerung war nur eine Erinnerung daran, daß eine Erinnerung kein Foto war. Und später hat sich der Plan vom Glück wieder verflüchtigt. Der Fotoband ist nie erschienen. Aber Franz hatte einen Impuls und wußte nun, was er gerne gemacht hätte.

7.

Das Unglück ist das Kapital aller, die schreiben, doch die Tragödie des Fotografen war, nicht mit auf dem Bild zu sein.

Franz bemerkte, wie Lou nach Operationsnarben hinter seinen Ohren Ausschau hielt. Sie schaute bei der Begrüßung einen Tick zu lange hin, um bei der Umarmung herauszufinden, ob Narben vom Face-Lifting zu sehen waren. Franz spürte ihre Augen auf seinem Hals, eine Gegend, wo seine Augen nie hinkommen würden. Es bedurfte des Umweges über den Spiegel für fast alles an ihm. Vor allem für seine eigenen Augen. Er würde sich niemals in die Augen sehen können. Franz war immerhin demnächst vierzig Jahre alt und ohne Face-Lifting. Doch voller Erinnerungsnarben.

Auch er umarmte sie vielleicht etwas zu lang.

Franz hatte noch einen Termin in Wien, eine letzte Vorbesprechung vor Kuba, dann das leidige Klassentreffen im schönen Totenmonat November. Er hatte zugesagt und hätte freilich immer noch absagen können. Oder gar nicht hingehen. Aber er wollte sie wieder sehen, wieder riechen und schmecken, ob ihr Leben mittlerweile auch nach Korken schmeckte, oder ob es noch war wie einst, als *Winter ein Wort mit Eisblumen am Fenster* war und sie zum ersten Mal unter einer Decke lagen mit nichts drunter als ihnen selbst.

Das Klassentreffen auf einer Nobelhütte am Semmering war von Marieluisa organisiert worden. Als Frau eines Catering-Unternehmers verfügte sie über das Know-how.

Franz war wegen Andrea und wegen Mike hingefahren und war ihretwegen mehrere Weingläser lang in der Nähe der Tür gestanden, um zu sehen, wie sie hereinkämen. Doch sie kamen nicht zu dieser Tür herein, beide nicht. Angereichert und kontaminiert durch zwanzig weitere Jahre Leben wären sie gewesen. Mike, sein Freund, war im Lauf der Jahre, spätestens mit Abschluß der Pubertät, sehr katholisch geworden und wollte am Ende Priester werden, nachdem er ihn jahrelang immer wieder ins Wasser gestoßen und ihn sonstwie geliebt hatte.

Er war Priester geworden, so wie sich früher unglücklich Verliebte ins Kloster flüchteten. Das war sein dritter Weg zwischen Leben und Tod. So war aus Mike Michael und ein Theologe geworden, nachdem abzusehen war, daß es mit Franz nichts würde, daß die Geschichte mit ihm sich allmählich dem Ende zuneigte. Das war zur Zeit der Matura, als alle dabei waren, ins Leben zu verschwinden.

Noch ein weiterer im Grunde Grauhaariger stand beim Aperitif, der jetzt Unternehmensberater war und seine Haare nun geschrödert hatte. So schwarz war er in seinen besten Zeiten nicht gewesen. Es war ein Glanz über ihn gekommen.

Es war Hansi, und Hansi war nun so dick, als

hätte er alles verfressen. Es war ein unverhofftes Wiedersehen. Es war Hansi; einer, der damals noch in die Hose machte und Fingernägel kaute, bis sie sich aus den Augen verloren, und der jetzt saniert vor ihm stand und Unternehmensberater war.

Wer mit fünfunddreißig nicht saniert ist, hob sein Triumphsatz an, nun vierzig Jahre alt.

Von denen, die er nicht wieder sehen wollte, fehlte kein einziger. Sie waren vollzählig, die ihm von Anfang an zuwider gewesen waren.

Was sollte Franz unter diesen Umständen machen? Den Schnitzelführerplan erläutern. Sagen, daß er den *Großen Schnitzelführer durch die Alpenrepublik* schreiben wollte, das war es, was er ihnen von sich erzählen konnte.

Soweit war es noch nicht, aber jetzt war er schon vierzig, noch kein Sanierungsfall, jedoch …

Als er Hansi erkannte, denn er war zu Beginn beim besten Willen nicht mehr zu erkennen gewesen und beunruhigend in seiner frechen Präsenz, sagte er: *Ach, du bist es.*

Und mit der Unverfrorenheit, die keine Rücksicht nimmt auf den Grenzbereich zwischen ehrlich und unverschämt, sagte nun dieser dicke Mensch etwas, was nur jenen erlaubt ist, die schon im Kindergarten zusammen am Pissoir standen, auch wenn sie sich später aus den Augen verloren: *Ich hätte nicht gedacht, daß aus dir noch was wird.* Sagte es und stellte die Vergangenheit auf den Kopf: Hansi war es doch gewesen, aus dem nichts zu werden drohte, und nicht er …

Außer daß er dick wurde, konnte sich Franz eigentlich nichts vorstellen, was er werden sollte, dieser Hansi. Außer noch eine entsprechende Frau finden: Er sagte, er liebe dicke Frauen. Nur eine solche sei in Frage gekommen, um die er herumgehen könne.

Es war peinlich, vor allem, weil ihm Szenen in der Ringstraßenwohnung einfielen, wie sie Vater und Mutter spielten. Er sagte ihm rasch, daß er jetzt Fotograf sei, Fachfotograf, Spezialgebiet Schriftsteller.

Kannst du davon leben?

Wenn er das gewußt hätte.

Ein anderer, der eigentlich auch Priester werden wollte, dann aber als Psychoanalytiker endete, der Sohn einer Metzgerdynastie aus Wien, stand ebenfalls mit einem Rotweinglas herum und hielt sich an ihm fest, und in den ehemaligen Räumen einer Verkaufsfiliale im neunten Bezirk war nun die Praxis für Psychoanalyse untergebracht. Die Couch stand da, wo noch zehn Jahre zuvor Blunzen am Haken hingen.

Und ein weiterer Junge aus dem Schlafsaal war nun Wallfahrtspfarrer der wunderschönen gotischen Kirche Maria Straßengel zwischen Bruck an der Mur und Graz, die Joseph II. hatte abreißen wollen, als gehörte ihm die Welt. Franz sah, daß alle mit einem Rotweinglas herumstanden und irgendwie darauf warteten, daß der Abend begann.

Mike, und ein klein wenig vielleicht auch er, hatte eigentlich nur gewollt, daß alles auf ewig so geblieben wäre, der Schlafsaal mit den hundert Jungen und mit ihm als Schlafraumpräses; und mit Jungs, die nachts von den Mädchen träumten, die nach Hause gegangen waren. Mike liebte Jungs, die von Jungs träumten. Franz liebte Jungs, die von Mädchen träumten, und Mädchen, die von Jungs träumten, einst, drei Tage vor den großen Ferien. Er wollte damals nicht viel, wollte nur, daß alles bliebe, wie es war; er wollte nur nicht erwachsen werden und als Ehemann enden, der, kaum verheiratet, Suchanzeigen aufgab und mit einem Wohnmobil durchs Leben rollte, in dem seine Geliebten die Schamhaarbürste vergessen würden, ob mit Absicht oder nicht, und seine Frau würde ihm den täglichen Prozeß machen.

Und er war schon dabei, sich in Erinnerung und im Vergessen aufzulösen, der Salzsäure des Lebens.

Wie sie doch alle nacheinander wieder im Leben verschwanden, ins Leben verschwanden, als wäre es eine Zuckerrohrernte, und er war der Zurückgebliebene, der Überlebende, der einzige. Einige verschwanden nach Edmonton/ Alberta/ Canada, John war an eine Japanerin verloren, und Annette war ohne Adresse nach Georgia aus den Augen verschwunden mit dem Versprechen, nicht aus den Augen zu verschwinden. All die Lebenden, die so gut wie tot waren – es war vollkommen ausgeschlossen, noch einmal Hand in Hand vom Kindergarten weg nach Hause zu gehen. Und all die, die vielleicht eines Tages oder nachts vor der Tür stünden, als wäre eine Tür nichts als eine Tür, und er hätte etwas verlegen gesagt: *Wer sind Sie?* Und dann hätte er oder sie einen Namen genannt …

Es waren Gesichter wie die, welche er jetzt fotografierte, um sich einzustimmen, schon bevor der Teller kam, auch um sie abzulenken, denn er wollte nicht, daß sie wüßten, warum er sie verewigen wollte. Der Augenblick war kurz, und die Ewigkeit dauerte etwas mehr als drei Sekunden.

Es ging alles viel zu schnell – das Leben. Und schon war der Frühling vorbei. Dabei hatte er geglaubt, er hätte ein Abo auf die Zeit. Und daß das meiste ganz weit weg wäre und die Zukunft vor ihm und alles vielversprechend. Es war doch alles so erwartungsvoll, auch er. Irgendwann würde er der Frau seines Lebens begegnen. Und es war ja auch so. *Damit Sie ein Bild haben vom Menschen* – die Hoffnung durfte er nicht verlieren.

Und er hatte ja noch Zukunft.

Auch hoffte er immer noch auf Mike. Daß wenigstens Mike käme und er ihn sähe und wiedererkenne. Denn das wäre der Schmerz des Tages gewesen, hätte Franz ihn nicht wiedererkannt. Lieber noch wollte er nicht wiedererkannt sein von ihm.

Aber es gab kein Wiedersehen.

Einst hatte Mike ihm einen Abschiedsbrief geschrieben, in dem er bekanntgab, daß er nach Rom aufbreche, um dort Theologie zu studieren, vielleicht für immer.

Und dann waren sie in der Unterhosenabteilung gelandet, schrieb er, neben den sogenannten Kurzwaren, und es war seine Mutter, eine Bäuerin aus der Steiermark, die neben ihm stand und mit ihrem sehr geschickten, unnachahmlichen Handgriff sich an die Wäsche machte, die bei Adlmüller, die ungeordnet im Wühltisch herumlag. Es war Winterschlußverkauf. Und er, der kurz vor einem Philosophie- und Theologiestudium stand, sollte dafür eingekleidet werden, und zwar oben und unten, das heißt, wie seine Mutter damals noch sagte, *für drunter und drüber*. Gar nicht weit weg stand eine Aufsichtsperson, die zwar nichts von Unterwäsche verstand, aber bald von seiner Mutter in ein Hausfrauengespräch verwickelt wurde, in dessen Verlauf mehrfach das Wort *dankbar* fiel, und zwar im Blick auf die Qualität der Unterhose, die ihr durch die Hand glitt. Es war ein Exemplar ganz in Rot, Kardinalsrot, ziemlich fest, auch winterfest, in allen Sätteln gerecht. Und er konnte sich nicht erklären, was seine Mutter dazu trieb, diese fremde Person, die in einer Schürze dastand, in die Vertraulichkeit der Szene einzubeziehen. Sie sagte im Blick auf die kardinalsfarbene Unterhose und ihren neunzehnjährigen Sohn, dessen Leben übermorgen beginnen sollte: *Er wird nämlich Priester!* Und er wurde etwa so rot wie die Unterhose, er wurde so rot, wie er schön war, einst, als er blühte und verblühte, und lebte für sich, ohne daß er etwas von seinem Blühen gehabt hätte.

Mit dieser Geschichte hatte sich Mike aus seinem Leben verabschiedet.

Und das Glück bildete einen rechten Winkel.

Einen Wunsch haben, was für ein Wort. Wie lange hatte er keinen Wunsch mehr gehabt, und auch: wie lange hatte Franz dieses nicht mehr gehört: einen Wunsch haben. Die Menschen, mit denen er zu tun hatte, machten, was sie wollten mit ihm, und fragten nicht mehr. Sie nahmen ihn einfach in die Hand und fragten nicht mehr. Franz konnte nun allwissend sein oder tot, es fragte ihn keiner mehr. Vom Zugfenster aus hatte es an jenem Tag erst nach Schwimmbad ausgesehen. Es duftete nach Rasen, Badehosen und dem Schatten hoher Bäume.

Nun war es schon dunkel.

Er stand auf der Veranda und rauchte ein Zigarillo, aber auch, um hinauszuschauen. Es war sehr schön über den Wäldern und Menschen und Lichtern. Es war Nacht, aber das Mondlicht gab einen Blick frei. Er sah auf einmal alles. Er sah alles auf einmal. Er sah einmal auf alles.

Drinnen wurde mittlerweile zu den alten Sachen getanzt, aus der Easy-Rider-Zeit *Born to be wild …* Sie waren schon angetrunken und in Fahrt gekommen und haben den Kopf geschüttelt wie in alten Zeiten, als ihre Mähnen noch von ihnen wegflogen, als wüßten sie wohin. Hardrock, sehr laut, und er stand vor dem Badezimmerfenster, als er die Stimmen von Claudia und Luzy hörte, wie sie über ihn sprachen, es waren nur Fetzen, die er verstand …

… er ist sehr geheimnisvoll.

… meinst du?

Ein Rettungsfahrzeug fuhr durchs Tal, er hörte und sah es, als wollte es zu ihm. Oben war Vollmond, und die Sterne schienen gleichmäßig über den Himmel verteilt.

Er ging wieder hinein und aus sich hinaus und mischte sich unter die anderen.

Alle waren per du.

Susanne hatte einen Schriftsteller dabei, der gerade mit der Kanzlermaschine in Peking gewesen war und bald nach Kuba wollte, was aber Franz nicht erfuhr, da er mit Susanne nicht gesprochen hatte oder sie nicht mit ihm; die anderen waren mit ihren Unternehmensberatern, Psychotherapeuten, ausgebildeten Konzertsängern und Opernsängerinnen gekommen.

Und du?

Ich … als müßte Franz sich dafür entschuldigen.

Als reduzierte sich das Leben darauf, wen einer vorzeigen konnte, als wäre der Mensch ein Mitbringsel.

Als aber abzusehen war, daß weder *sie* noch *er* kommen würden, beschloß er, sich sehr schnell zu betrinken, und wurde lustig wie dereinst. Und dann saß er schon mitten unter ihnen und war in Fahrt und erzählte, wie es zu Hause gewesen war, wie sie halbe Nächte *du Lügner!* schrie und er wenig später *hinauf mit dir!*

Immer, wenn ich Sex habe, sagte er nun noch zum Schluß, *denke ich an dich, mein lieber Hans.* Und Hans lachte, wurde rot und war schon drauf und dran, es zu glauben. Aber Franz war noch nicht ganz fertig mit dem Satz: *Immer, wenn ich Sex habe, denke ich an dich, um den Orgasmus hinauszuzögern.*

Das war sein Schlußwort.

Nachts träumte er von Frau Sennewald, die vor ihm stand und lächelte. Wie viele schöne Augenblicke seiner Kindheit verdankte er ihr, zum Beispiel, wenn sie mit der einen Hand einen Mohrenkopf überreichte und mit der anderen den Schilling dafür nahm. Und ähnliche Augenblicke des Glücks in der Sommerfrische. Dann hatte er sie irgendwann aus den Augen verloren. Sie, die ein Leben lang im Laden stand und immer wieder neue Kindergenerationen mit Glück versorgte, war eines Tages von einem Auto überfahren worden, vielleicht von einem solchen, dessen Fahrer einst von Frau Sennewald mit Glück versorgt worden war. Wie er, aufgewacht, sie nun vermißte, beide, Frau Sennewald und jenes Kind, das glücklich gemacht werden konnte durch einen Mohrenkopf.

Franz wollte unter keinen Umständen das gemeinsame Frühstück und reiste am frühen Morgen ab. Er schlich sich davon und hat sich von keinem verabschiedet. Vor allem vor dem gemeinsamen Frühstück und den verreckten Gesichtern graute ihm. Das Schlimmste am Leben war das gemeinsame Frühstück. Das empfand er ein Leben lang.

Franz nahm für den Weg zur Bahnstation in Gloggnitz ein Taxi. Der Taxifahrer verlangte, was

Franz noch nicht vorgekommen war: Vorauskasse. Gloggnitz. In dieser Gegend hatte er vor kaum mehr als dreißig Jahren zwei Wochen lang jeden Tag ein Stück Zucker auf die Fensterbank gelegt, ja, weil er wollte, daß er nicht der einzige wäre, der in diese Gloggnitz-Welt hinein das Licht erblickte, er hatte ein Stück Zucker hinausgelegt, damit der Storch kam und ihm einen Bruder oder eine Schwester brachte. Einen Namen hatte er sich schon ausgedacht.

Er fuhr am Ortsschild vorbei. Die Stadt lockte *mit südlichem Flair*, und er war empört über die Abwertung der Kälte und des Winters zu Hause. Längst liebte er alle vier Jahreszeiten und mochte Menschen nicht mehr, die sich selbst umarmten und fröstelnd in seiner Gegenwart zusammenzuckten, als wäre er die kalte Welt, die einen Schock auslöste. Menschen konnte er nicht mehr in seiner Nähe haben und leiden, die das ganze Jahr von Palmen und Stränden träumten und nichts anderes im Kopf hatten als von da, wo sie waren, wegzukommen, weg von da, wo er war, und immer ein Gesicht machten, als wären sie am Erfrieren.

Es hatte geschneit. Von allen ersten Malen war ihm das liebste die erste Erdbeere und vielleicht die Erinnerung an den ersten Schnee. Seine Sehnsucht galt den Palmen und sein Heimweh dem Schnee. Er war hin- und hergerissen zwischen Eisblumen und Palmen. Noch eine Schizophrenie. Er konnte sich nicht entscheiden.

Und Wien war so lange her, daß er in einem Hotel übernachtete. Vom Fenster aus sah er Gestalten mit Schneeschaufeln und Eispickeln.

Vom Fenster des Hotels konnte er auf einen Brunnen sehen, in dem 1938, nachdem Hitler den Eintritt seiner Heimat in das Deutsche Reich bekanntgegeben hatte, die Wiener nackt badeten aus Freude.

Vor dem Fenster diese Stadt, die ihn mit Enttäuschung und Angst, mit Langeweile, Liebe und Sehnsucht versorgt hatte, und dazwischen im Glas ein feines Gitter aus festem Material, wahrscheinlich, damit keiner hinausspringen konnte.

Er war in Wien zu einer letzten Besprechung im Ministerium am Ballhausplatz, bevor er nach Havanna aufbrach, um dort den Besuch der österreichischen Schriftsteller-Delegation vorzubereiten. Er sollte sie vor Ort betreuen und fotografisch für eine Dokumentation festhalten.

Außer Friederike Mayröcker und Ernst Jandl kannte er niemanden von der Liste, die er mit Ministerialrat Smolka durchging. Und dann flog er.

II.

1.

Er wollte mindestens ein Vierteljahr bleiben. Fürs erste im Hotel Inglaterra.

Franz war voller Sympathie für diese Menschen und die Revolution auf dem Flughafen José Martí gelandet. Der Whisky tat das Seine hinzu.

Fidel klang nach etwas ganz Besonderem – doch auch Castro war nur nach einem Heiligen benannt, dem heiligen Fidelis von Sigmaringen, der einst von wütenden Calvinistenbauern im Hinterland von Chur erschlagen und im 19. Jahrhundert vom Päpstlichen Ministerium Propaganda Fide zum Patron dieser Abteilung der Römischen Weltkirche ernannt worden war: Fidelis, der Heilige der Gegenreformation und aller Konterrevolutionäre. Fidelis hatte dieses Prädikat freilich erst nach seinem Tod bekommen, während Fidelis von Kuba schon zu Lebzeiten heiliggesprochen war, und zwar von sich selbst. Wer weiß, vielleicht glaubte Castro, diesem Namen treu sein zu müssen, als hätte er ein Gelübde auf seinen Namen abgelegt.

Die Ungewißheit, ob Palmen oder Eisblumen das Schönere sind, war bisher meine einzige Gewißheit, dachte Franz. Er hatte zum Flugzeugfenster hinausgeschaut, an dem gerade noch Eisblumen geblüht hatten, es war ein altes Flugzeug, wie aus der Eisblumenzeit vor Doppelverglasung und Zentralheizung am Stubenring, und er sah die erste Palme, gleich schon eine Königspalme. Da fiel ihm jener Schriftsteller ein, den er fotografiert hatte, wie er einen Zentner *Sehnsucht* signierte – er war Autor eines Romans mit diesem Titel über die hundert schönsten Strände der Welt.

Von Kuba versprach Franz sich viel. Er dachte, er könnte noch einmal von vorne anfangen. Aber dann kam ihm der Verdacht, daß sein Leben vielleicht schon von Anfang an einen Korken hatte, nicht erst jetzt. Es korkte immer schon. Er korkte immer schon.

Immer noch schlief Franz an den unmöglichsten Stellen ein, ein Sekundenschlaf. Die Reizwörter *Lüge, Lügner, lügen* hatten sich in seinem Kopfhirn in der Welt, in der er lebte, immer häufiger eingestellt. Und immer noch war er hier und dort zugleich. Das hätte Träumerei und Schizophrenie sein können. Die Theologen hätten bei einem Heiligen von der Gabe der Bilokalität gesprochen. Die herrschende Psychiatermeinung wäre aber *eine leichte schizophrene Grundierung* gewesen. Sie ließen ja Träume nicht durchgehen. Für sie waren Träume nur dazu da, etwas zu verarbeiten. Nach ihrem Prinzip war der Mensch eine Maschine. Der Mensch war jene Maschine, mit der es Psychiater zu tun hatten. Psychiater waren Maschinenarbeiter, eine Art Automechaniker. Franz dachte, an dieser Stelle angekommen, daß er in seinem Leben noch nie etwas verarbeitet hatte.

Es war am Patrice-Lumumba-Strand, am westlichen Rand der Stadt, kein Strand, nur ein Streifen am Meer, zu dem auch die Kubaner durften, denen ja die meisten Strände gesperrt waren, wie auch sämtliche Inseln. Franz wußte, daß an diesen schäbigen Abschnitt des Meeres, voller Unrat und Muschelresten, den man barfuß nicht betreten konnte, auch die Kubaner kamen, um nach Amerika hinüberzuschauen, dabei immer beaufsichtigt von Uniformierten mit Schnellfeuerwaffen und Walkie-Talkies.

Er hatte allen Grund zu glauben, sein zweiter Frühling sei nun angebrochen. Stand nicht in seinem Horoskop, das er gerade im Flugzeug gelesen hatte, daß es bald zu einer bedeutenden Begegnung kommen werde? Alles noch einmal von vorne. Noch einmal Apfel, Adam und Eva. Nur, Äpfel gab es nicht. Und auch keinen Schnee, der aus dir und mir ein Wintermärchen gemacht hätte.

Es war Anfang Dezember. Eine Frau ging an Marinelli vorbei und fragte *How are you?* Franz, der sich an diesem Tag schon seine Gedanken darüber gemacht hatte, wenn auch noch keinen Reim auf sich, sah auf und fühlte sich überrumpelt von dieser Frage. Und er wußte sogleich, daß er dieser Frau nicht gewachsen sein würde und nicht gewachsen sein wollte. Er hatte sich schon ergeben. Das war nach wie vor sein Charakter. Jeder brasilianische Straßenhändler war ihm überlegen. Und jeder Schweinetransportbegleiter zwischen Polen und Rotterdam ohnehin.

How are you?

Wenn er das gewußt hätte.

Er konnte nicht *nein!* sagen, nicht richtig *nein.* Aber auch nicht richtig *ja.*

Eigentlich wollte er ein Leben lang nur *ja* sagen. *Benimm dich wie ein Profi!*, sagte er sich, und dann: *Laß sie nicht entkommen!* Sie lächelte so, daß er nicht nein sagen konnte oder wollte.

Ich will nichts von dir, ich will dir nur helfen und werde dich gleich fragen, was du brauchst – was deine Mutter braucht, Schuhe oder Medikamente oder etwas Geld oder was immer, dachte er. Und vor diesem Gedanken hatten sich schon, gemessen am Beichtspiegel der katholischen Kirche, die schönsten und schmutzigsten Bilder eingestellt, die in ihm auf und ab gingen. *Der Weg vom Hirn zur Hose war sehr kurz,* ja es war überhaupt kein Weg mehr.

Franz wußte aber nicht so recht, was sie wollte. Es war doch ein Ozean zwischen ihnen am Anfang. Mißverständnisse, daß sie etwas sagte und etwas ganz anderes meinte. Daß er etwas sagte und … Es war der sogenannte Kulturunterschied, der dazu führte, daß er dieses Wesen nicht recht einschätzen konnte, und sie auch ihn nicht. Sie war ja keine Prostituierte. Und er kein Heiliger. Und auch kein Sextourist. Er war doch nur einer, der suchte. Der gerade sein Horoskop gelesen hatte, an das er nicht glaubte. Und der immer noch retten wollte. Wenn nicht die Welt, so doch einen Menschen. Vielleicht, unter diesen Umständen und bei seinem Charakter, war er etwas von beidem: Er hatte etwas von einem Heiligen und einem Unheiligen. Und wenn sie nur eine schöne Sünderin gewesen wäre, dann wäre er mit der Entschiedenheit Marmeladows und anderer Hauptfiguren des Erbarmens von Dostojewski eingeschritten und hätte sie geheiratet und in die Wiener Gesellschaft eingeführt. Das war schon ein Tagtraum, der sich instantartig einstellte, wie er mit ihr *Ganz in Weiß mit einem Blumenstrauß* aus Heiligenkreuz heraustritt, und er hat gerade für immer *ja* gesagt. Franz konnte noch nie seine Sehnsucht von seiner Gier scharf trennen. Das eine ging ins andere über.

Bald sagte er, sie könne sich auf ihn ein Leben lang verlassen. Und er meinte es ernst und sah sich schon am Bankschalter im Hotel Sevilla, wo er mit seiner Kreditkarte Dollars bekam, um sie ihr zu überreichen. Auch für Vitamine und die Mutter. Und für ein neues *Top.* Hundert Dollar fürs erste. Das waren in Kuba sechs Monatsverdienste. Nicht aber für eine *Reiterin.* Er neigte vielleicht doch dazu, seine Hilfe zu überschätzen und seine Gier als Hilfe umzulügen. Und daß er mehr wollte, als er konnte, hatte sich in seinem Leben immer wieder gezeigt.

Aber wenn sie sich tatsächlich aus Not für Geld verkaufte, wollte er sie kaufen, um sie zu retten. Er war ein Dialektiker.

Und er hat auch in den Tagen nach seiner Ankunft aufstehen können und den Musikern und noch lieber den Musikerinnen, die durch ganz

Havanna liefen und sich mit Singen über Wasser hielten und *Reloj non marques las horas* (Uhr, zeig die Stunden nicht an!) sangen, hundert Dollar zustecken können, das heißt in den Busen. Und wenn er nichts dabei gehabt hätte, hätte er sie zum Bankschalter des Hotels Sevilla mitgenommen.

In Sichtweite saß ein Mann, bei dem sie wohl gelegen hatte. Vielleicht eine Art Tarnung, denn an einem kubanischen Strand, wo auch Touristen hinkamen, stand hinter den Badenden immer auch die Militärpolizei, und die konnte die Mädchen, die einzeln auftauchten, jederzeit abführen und zur Zuckerrohrernte in ein Arbeitslager auf dem Land bringen. So kamen alle immer zu zweit und spielten Freundinnen oder Verlobte. Die Schnellfeuerwaffen, der erste Augenblick, die Liebe.

Das war am Anfang, nach dem ersten Augenblick, in dem nicht gesprochen wird …

Er machte die Tür auf, und die Liebe begann mit einem Blick.

What's your name?

Sie setzte sich auf den Boden neben seinen Liegestuhl – es mußte in einem unbeaufsichtigten Moment geschehen sein –, den er sich, zusammen mit einem Sonnenschirm, für diesen schönen Tag gekauft hatte und den es für die wenigen Touristen, die sich hierher verirrten, gab.

Er sah ihre getigerte und etwas verwaschene Badehose.

I am Ramona.

I am Franz.

Where are you from?

Austria.

O, kangaroos.

No, mountains.

Sie fragte auch nach der Uhrzeit, was ihm seltsam vorkam, denn sie hatte eine Uhr an ihrem Arm. Doch es handelte sich um eine Attrappe: Die Uhr zeigte, seit es sie gab, dieselbe Zeit an.

Die Kubaner lagen ohne Sonnenschirm in den eng anliegendsten und kleinsten Strandbekleidungen herum.

Die Globalisierung hatte ja leider dazu geführt, dachte Franz, daß nach und nach die ganze Welt dieselbe Bademode trug, diese langen Sachen aus den USA, und die Augen jener, die sonst nicht mehr viel vom Leben hatten, mußten es büßen. Aber nicht auf Kuba.

Sonderbarerweise sah man hier dennoch fast alles. Es war wie damals in der ersten Freischwimmersaison.

Er sah eine alles verbergende, aber auch alles versprechende, ja alles zeigende Stretchware aus Polyester an ihrem Körper. Gleich kam auch der Gedanke der Liebe auf. Er sah wieder die Uhr ... *reloj non marques las horas.* Seine Uhr zeigte schon halb vier. Vielleicht war sie vom Geheimdienst? Von der Polizei auf ihn angesetzt? Doch das Eine behielt schließlich die Oberhand über seine Angst in ihm.

Keine zwei Stunden später, im Hotelaufzug, nachdem er bis dahin *ich liebe sie nicht* vor sich hingesagt hatte, würde er schnelleren Schritts auf sein Zimmer gehen, um im Terminkalender nachzusehen, wie viele Tage, Stunden und Minuten es wären, bis er sie wiedersähe.

Er hätte nun schon sagen können: *Ich brenne.* Und es brannte schön und leicht, wie ein Strandfeuer mit Musik und Asado. Und drinnen glühte es wie in der Erdkugel. Der Uniformierte war ihnen auf seiner Patrouille wieder bedenklich nah gekommen. Sie stand auf und ging zu ihrem Begleiter hinüber, als käme sie aus dem Wasser.

In einem unbeaufsichtigten Moment konnten sie wieder miteinander sprechen. Und einen Platz verabreden. Auf englisch. Das war nicht viel. Aber soviel konnten sie vereinbaren, daß sie am Abend im Parque Central, zwischen Hotel Inglaterra und Hotel Plaza …

Sie wollte mit einem schwulen Freund kommen, auf den sie hinüberzeigte und der die ganze Zeit hergeschaut hatte und nun lächelte, mit Renie, der neben ihr lag als Alibi, wie er verstand. Renie war ziemlich dunkel und hatte etwas krauses Haar und ganz weiße Zähne.

Er begriff das Wort *gay friend,* als läge er zur Tarnung neben ihr, und sie spielten nur Liebespaar. Ein schönes Paar. Liebespaar spielen, das war möglich in Havanna. So wurde der Schein gewahrt. Viele solcher Liebespaare saßen auf dem Paseo José Martí, auf den Betonmauern des Malecón und auch auf der Plaza vor dem Inglaterra herum und erwarteten Gäste. Manchmal handelte es sich wirklich um Liebespaare.

Die Menschen, die auf diesen Bänkchen und Mauern herumsaßen, lebten in einem Gefängnis unter Palmen, einem Freiluftgehege wie einst die DDR. Sie hofften auf eine friedliche Revolution: daß Castro einschlief und nicht mehr aufwachte. Das hatte ihm Ramona schon am ersten Tag gesagt. Er hat damals noch fast überhaupt kein Spanisch verstanden, aber so viel verstand er, daß da unglückliche Menschen herumsaßen, die davon träumten, daß der Maximo Lider bald einschlief und nie mehr aufwachte.

Marinelli, der genau an diesem Platz wohnte, den Ramona vorschlug, noch ein Zeichen, daß dies kein Zufall sein konnte, sondern eine Fügung, konnte den Abend kaum erwarten. Er zweifelte zwischendurch, ob sie überhaupt käme. Aber um 23 Uhr saßen die beiden auf der Bank seines Lebens.

Und da hat er auch schon beschlossen, Ramona zu heiraten, ein Haus zu kaufen …

Daneben saß immer noch der schöne Freund und wartete anscheinend auf nette Männer, deren Leben in Havanna eines der härtesten war. So saßen sie, und einer war das Alibi des anderen. Wenigstens Ramona hatte einen gefunden, der ihr bald Entkrausungsmittel und Chanel mitbringen konnte. Die Palmen waren konkret wie an einem Swimmingpool von David Hockney, aber das

Leben war schwarz wie im Buch von Reinaldo Arenas *Bevor es Nacht wird.*

Castro bezeichnete Existenzen wie ihn und sie als *lacra social*, die er in spezielle Arbeitslager aufs Land verfrachtete, zur Zuckerrohrernte, und abends ließ sich Castro die neuesten Schwulenwitze erzählen, in denen das autochtone Zuckerrohr eine Hauptrolle spielte, wie andernorts die Bananen. Aber da kein Mensch wußte, wo Castro seine Abende verbrachte und wie, war dies auch nur ein Mythos; und daß er manchmal lachte, ebenso; und daß er überhaupt noch lebte, war auch fast ein Mythos. Castro war im Jahr der Revolution so alt wie Jesus, als er gekreuzigt wurde. Vielleicht war er schon seit Jahren tot?

Sie fanden vorerst keinen Platz. In ganz Havanna gab es kein Hotel für sie, und auch zu Tante Elvira konnten sie nicht, denn dort lebten zehn wildfremde Personen in einer Wohnung zusammen, darunter auch die Dame vom Komitee zur Verteidigung der Revolution, CDR, Menschen, die Ramona jederzeit verraten hätten, wie sie sagte. Also durchquerten sie auf der Suche nach einem ruhigen Platz die Altstadt, durchstreunten sie anderthalb Stunden nach Mitternacht, bis sie schließlich ein geeignetes Treppenhaus fanden, mit freiliegenden Elektroleitungen, so daß Ramona immer wieder sagte: *Paß auf!*

Es war in einem der Hauseingänge unweit der Casa de Ron y Tabacos.

Es war Liebe im Stehen.

Nachher gab Franz Ramona hundert Dollar für die Mutter, die etwas so Schönes zur Welt gebracht hatte. Und insgeheim dankte er auch Gott, daß er so etwas Wunderbares gemacht hatte. Und Renie stand unten am Eingang Wache, da, wo tagsüber die Frau vom Komitee zur Verteidigung der Revolution saß und aufpaßte und konterrevolutionäre Aktivitäten per Walkie-Talkie meldete.

Sie hatte *sí* und *baby* vor sich hingesagt – und die Leichtigkeit dieser Liebe, oder der Traum von der Leichtigkeit, war der reinste Kontrast zur Wiener Lügen-Konstellation, Ausgangspunkt der Erfahrung der Liebe für Franz Marinelli.

Sie drehte sich schnell um und küßte ihn, es war wie das Leben, schön und kurz und schmerzlich, halb im Dunkeln, und drehte sich eine Stufe über ihm um, sagte *banana* und ging dann wieder voraus, denn sie kannte den Weg. Es war in der Zeit, als sie noch nicht sprechen mußten, ein Wort wie *banana* und die Augenblicke und Himmelsrichtungen genügten.

Fotos!

Das eine zeigte Ramona, wie sie auf der Plaza de la Catedral in sein Buch das Lied *Reloj* schrieb, genau im Augenblick, als sie beim Wort *acaba* angekommen war, beim Buchstaben a, den sie auf dem Foto auf immer in sein Notizbuch hineinschreibt:

Reloj non marques las horas
reloj retén tu camino
porque mi vida se acaba

Aber war er nicht zur Vorbereitung einer offiziellen Reisedelegation österreichischer Schriftsteller hier? Keine leichte Aufgabe und sicher keine angenehme, die er allerdings schon fast vergessen hatte.

Die Reise der ausgewählten Schriftsteller sollte im noch nicht zu heißen Februar stattfinden. Franz hatte also noch Zeit genug.

Am Ende war nichts vorbereitet.

2.

Sie lagen auf dem Bett und sie mit ihrem Kopf auf seinem Bauch. Sie streifte mit ihrer Hand verschiedene Zonen und Einzugsbereiche des Glücks, als wäre sie auf der Suche nach Handarbeit und einer vernünftigen Tätigkeit wie Entlausen, während Franz ihr zum Spaß aus dem *Stern* einen Artikel über Beinfreiheit vorlas. Immer wieder amüsierte sie sich über den Klang der deutschen Sprache aus einem Wiener Mund. Es gefiel ihr. Es klang.

Sie wollte wissen, was *Beinfreiheit* ist. Franz versuchte, ihr dieses Wort zu erklären. Sie verstand es aber nur halb und kombinierte falsch: Bald kam Ramona mit Wünschen nach XXL-Kondomen für ihren schwulen Freund. Franz sollte das nächste Mal eine Großpackung mitbringen.

Manchmal, wenn er Renie sah, dachte er, der schwule Freund ist gar nicht schwul, zerstreute seine Bedenken aber wieder. Sie erzählte ihm, daß

Fidel einen Großauftrag nach China vergeben hatte, in der ersten Zeit von Aids. Aber dann mußte Kuba die Lieferung zurückgehen lassen – die Kondome waren viel zu klein. *Gerade einmal gut für China, aber nicht für Kuba!* sagte sie.

Bald schmiedeten sie die Heiratspläne. Schon am dritten Tag war die Idee aufgekommen, in der Altstadt von Havanna *günstig* ein Haus zu kaufen. Er war begeistert. Auch sollten zwei Ferkel angeschafft werden, die für die Hochzeit gebraucht wurden, ein Kapitalverbrechen.

Eine Woche, nachdem Franz Ramona kennengelernt hatte, war er vom teuren Inglaterra ins Deauville umgezogen, das überdies direkt am Malecón lag, weil er so mehr vom Wiener Geld für Ramona hatte. Und weil Ramona im Deauville den Mann von der Security kannte und sie für zwanzig Dollar zusätzlich mit übernachten konnte.

Schon in der zweiten Woche hatten sie bei Verwandten in der Gegend von Cienfuegos schwarz zwei Ferkel bestellt. Wenn die Ferkel soweit wären, sollte auch die Hochzeit stattfinden. Sie schien vom Gedeihen der zwei Schweine abzuhängen. Für die beiden Ferkel bezahlte Marinelli, der von Schweinen keine Ahnung hatte, ein Vermögen. Sie kosteten angeblich 3000 Dollar, und Ramonas Familie konnte sich später dafür noch eine Wohnung kaufen. Die Ferkel waren vorerst zu Hause unter der Treppe in jenem kleinen Winkel untergebracht, der sich ergab, nachdem man den etwa ein Meter hohen Küchenschrank an die Treppe geschoben hatte; damit nicht genug, diente dieser Küchenschrank auch noch als Unterlage für die zwei Herdplatten.

Bis dahin mußte Ramona ständig ganz laut Musik laufen lassen, denn häusliche Schweinemast war verboten und wurde bestraft: Für den ersten Mord gab es drei Jahre, für das erste Schwein hingegen acht. Trotzdem waren die Dächer von Havanna der größte Schweinestall der Karibik.

Immer wieder gab es unangenehme Situationen, wenn mißgünstige Nachbarn seltsame Geräusche und Gerüche bemerkt hatten. Außerdem war es auch für die eigentlichen Bewohner eine Kunst, das auszuhalten.

Bald nahm ihn Ramona mit nach Hause, um ihm die Ferkel zu zeigen und die Mutter vorzustellen. Sie zeigte ihm, wo sie gelebt und geträumt hatte und unterm Schlafen gewachsen war. Das Zimmer, in dem sie mit Großmutter, Mutter und Tante wohnte, war so klein, daß es in einem Satz Platz hat. Die einzige Besonderheit war eine rosarote Uhr in Herzform. Die Zeiger waren kleine Amorpfeile, wobei der größere den kleineren immer wieder überholte.

Etwas Besonderes war es, daß diese Wohnung der Rest eines Treppenhauses war, das man abgeteilt und zugemauert hatte, mit Treppen, die nirgendwohin führten und abbrachen und bewohnt und vollgestellt waren bis unter die Decke mit den Habseligkeiten der Familie. Die Grundfläche betrug etwa fünfzehn Quadratmeter. Dafür ging es acht Meter in die Höhe. Und dadurch, daß es derart in die Höhe ging, hatten sie etwas mehr Platz, als hätten sie einen Steilhang in den Alpen bewohnt. So eine Wohnung hatte Franz bisher nicht gesehen. Es sah schwindelerregend aus. Denn es waren, zusätzlich zu diesen Stiegen, auf denen man hätte sitzen können, wären sie nicht mit Hausrat vollgestanden, und die eigentlich nur ein Balancieren erlaubten, noch zwei oder drei Bettetagen eingebaut worden. Es sah ein wenig wie in den Katakomben aus, dachte Franz, oder in einer Seeräubersiedlung auf den südlichen Andamanen. So lebte man also mitten in Havanna im 40. Jahr der Revolution.

Die Großmutter war noch mit Gott groß geworden. Sie kam aus der Gegend von Holguin und war mit ihrem Mann in den verlassenen Lieferanteneingang eines Stadthauses eingezogen, dessen Bewohner nach Miami geflüchtet waren. Sie mußte keine Angst haben, daß sie noch erlebte, wie die Erben aus Miami eines Tages vor der Haustür stünden und alles zurückhaben wollten. In diesem ehemaligen Lieferanteneingang verbrachte sie die schönste Zeit ihres Lebens. Jedes ihrer sieben Kinder wurde hier gezeugt und geboren. Nun war sie noch einmal auf Heimaturlaub vom Krankenhaus weg, Versuchskaninchen auf der Krebsstation, ein wunderschöner Tumor, der noch ein paar Wochen halten würde, so daß sich der Professor freute und seine Schüler noch etwas von ihm hatten. Auch die Medizinstudenten in Havanna brauchten lebendiges Anschauungsmaterial. Ansonsten war dieser Körper abgeschrieben. Auch wenn er immer noch Nahrung zu sich nahm. Das Essen ins Krankenhaus mußten die Verwandten bringen, sie liebten ihre Großmutter immer noch. Es wurde ihnen gesagt, wir versuchen, was wir können. Doch schon einige Tage danach konnte der Tumorexperte den Tumor nicht mehr vorführen.

So ist es, wenn eine vom Land kommt und in der Stadt stirbt.

Die Ferkel hatten es vielleicht trotz allem am schönsten, denn sie konnten zwischen den Treppenstufen noch hinausschauen.

Draußen der Regen und die wenigen Autos, die im Trüben verschwanden.

Graciela und Roxanna, ab und zu Olga und Lidia, das waren die großen Namen, die diesen gotischen Raum aus der Zeit des späten Flamboyantstils bewohnten. Ab und zu wird auch noch ein Mann gekommen sein. Die Mutter war so alt wie Franz.

Graciela saß in ihrem Latex-Stretch auf der Hühnerleiter, die zu ihrem unter einer Treppe zwischen dem ersten und zweiten Stock eingebauten Verschlag führte. Es handelte sich um ein Schlafzimmer. Und darüber noch eines ... Allmählich dämmerte ihm, daß diese Wohnung einmal ein Lieferanteneingang gewesen sein mußte, denn in den Wänden konnte man zugemauerte Türen erkennen. Dahinter Bett um Bett, in denen ein Mensch nie allein war. In Havanna war der Mensch nie allein, aber oftmals lästig.

Nun sagte ihre Mutter, die bisher gar nichts gesagt hatte: *Ich bete jeden Tag um seinen Tod. Aber Gott erhört mich nicht.* Ramona wollte ihr schon die Hand vor den Mund halten, aus Angst vor dem Hauskomitee zur Verteidigung der Revolution, aber es war schon gesagt. Im übrigen wäre eine Frau höchstens in die Psychiatrie gekommen, wo sie hätte, derart gestraft, weiterhadern und verrückt werden dürfen.

Franz saß auf einem der beiden Stühle. Die Frauen bestanden darauf, daß er sich dahin setzte. Er rauchte eine mitgebrachte Montecristo No. 4 – sie kostete in Wien zwei kubanische Monatsgehälter –, und er betrachtete die Ferkel, die zu ihm hinschauten. Es waren jeweils zwei Augen und ein Gesicht. Franz hielt sich mit seinen Blicken an diesen Tieren fest, vielleicht noch an der Uhr, und sagte, daß ihm alles sehr gefalle. Er konnte nicht sagen, ob die drei Frauen ihm dies glaubten. Er hätte beim besten Willen nicht sagen können, ob sie nicht vielleicht sogar etwas stolz waren auf die Uhr und die Ordnung, die sich hier auf engstem Raum nach oben hin entfaltete. Das war ja viel schwerer, als in einem großen Haus den Eindruck zu erwecken, es sei aufgeräumt, wie bei ihnen in Wien, wo nur die vorderen Räume den Anschein von Aufgeräumtheit gaben. Weiter hinten war die niemals von Fremden und auch von seinen Eltern nicht mehr betretene sogenannte Bibliothek ein Müllplatz geworden, zu dem man gerade noch die Tür öffnen und etwas hineinwerfen konnte. Draußen regnete es. Die Nachbarin kam und stellte sich unter die Tür in der Hoffnung, der Gast, von dessen Kommen sie wußte, habe auch für sie etwas mitgebracht, und sei es eine neue Haarfarbe. Sie lachte in ihre Arbeitskleidung, die sie auch nach Dienstschluß trug, ihre einzige Kleidung, die sehr sauber war. Eine weiße Kittelschürze, wie sie in Wien die Dienstmädchen trugen. Sie hielt sich zusätzlich eine Hand vors Gesicht. Es fehlten zwei Zähne, auf jeder Seite ein Zahn. So war ihr schönes Lächeln nicht mehr vollständig.

Sie hatten ihm einen der beiden Stühle angeboten, es war das einzige, was sie anbieten konnten. Sie hätten ihm gewiß auch einen Kaffee gemacht, aber der Strom war gerade seit zwei Tagen ausgefallen. Ein Stuhl: es war so wenig, es war so viel.

Dann saßen sie noch drei Stunden auf der Mauer des Malecón und taten nichts als schauen. Und Franz überlegte, wie er die Welt retten könnte.

Das Deauville, wo der Cha-Cha-Cha erfunden wurde und sie nachher noch eine Batida de Coco trinken wollten, mutierte von der bewohnten Treppe aus zu einer Fata Morgana, und der Malecón leuchtete wie im Lügenmärchen *Buena Vista Social Club*. Vielleicht hatte sich Ramona doch überwinden müssen, und hat ihm ihr Elternhaus nur gezeigt, um ihn zur nächsten Zahlung zu bewegen.

Allmählich ging nämlich Franz das Geld aus. Er sprach von Zahlungsschwierigkeiten und wählte das lateinische Wort *Insolvenz,* um sich verständlich zu machen.

Vis-à-vis war es nicht viel anders. Da hatte ein Lieblingsschriftsteller von Franz sein Leben verbracht. Die Ferkel hätten von ihrem Platz aus die Tafel lesen können, auf der alles stand: *In diesem Haus lebte der große Poet José Lezama Lima bis zu seinem Tod.* Das Haus des Schriftstellers, der dort *Das Paradies* geschrieben hatte, unterschied sich nicht von den Nachbarhäusern. Es sah wenigstens von außen wie alle anderen aus, eine Wohnung im Erdgeschoß, vergittert, durch das Fenster konnte er große Löcher an der Decke ausmachen. Es war eine Landschaft aus Flecken und Löchern. Er ging jeden Tag mehrfach daran vorbei und grüßte. Er konnte vom Fenster aus auf den Briefkasten sehen, der Lima mit der Welt verbunden hatte.

Oftmals geschah ja etwas hinter ganz unscheinbaren Mauern, und gleich nebenan hatte zum Beispiel ein Mann das Buch geschrieben, für das er den Nobelpreis nicht bekam.

Es gab ja nicht viel – Melonen, Bohnen.

Und die kubanische Küche – anders als in Lezama Limas Paradies-Buch, wo vor allem die köstlichen Gerichte beschrieben und gegessen werden – eigentlich war es ein Kochbuch –, geschrieben von einem, der sich noch an *Leibspeisen* erinnern konnte – kam in der Wirklichkeit gar nicht mehr vor – so wenig wie das Paradies. Darum hatte

Lezama Lima auch dieses Buch geschrieben und so genannt. Jetzt gab es schwarze und weiße Bohnen. Und Lezama Lima war unglaublich dick und hatte immer Hunger und hat seine Frau hinausgeschickt, die stellte sich einen halben Tag für ein halbes Huhn an, und der Dichter war in der Zwischenzeit ein paar Seiten weiter in seinem *Paradiso*. Und bekam es zur Belohnung. *Das Paradies* war eigentlich das Kochbuch eines Menschen, der einen großen Hunger hatte und daran starb.

In vierzig Jahren Revolution war die Tradition der kubanischen Küche vollkommen zusammengebrochen. Das war nun das Ergebnis, daß alle das Gleiche bekamen, meist war es etwas Undefinierbares auf einer Bohnenbasis – facitos –, und man konnte gerade unterscheiden, ob etwas süß oder sauer, warm oder kalt war. Nur Zucker gab es genug und vor allem den Rum und die Zigarren, aber auch dafür mußten sie anstehen – als Stellvertreter des verlorenen Paradieses. Sie hatten auch einen Kühlschrank. Aber in Gegenwart von Ramona brauchte er keine weiteren Leibspeisen.

Nach der Batida de Coco lagen sie wieder auf ihrem Bett. Am liebsten lagen sie auf diesem Bett. Auch, weil sie sonst hätten stehen müssen. Marinelli fragte Ramona, die ihren Kopf wieder auf seinen Bauch wie auf ein Kissen gelegt hatte, ob sie *Das Paradies* gelesen habe. Sie wolle es noch tun – später. Jetzt habe sie keine Zeit. Ramonas Mutter hatte den alten Herrn gekannt, der oftmals mit einem Stock in der Tür gesessen war wie die anderen auch – beleibt und unbeweglich mitten in ihrer ersten Kindheit, sie um ihn herumtobend, die Kinderspiele Havannas von Haus zu Haus. *Wir kannten ihn alle.* Sie mußte auch irgendwo in seinem Buch *Das Paradies* gelandet sein.

Dann lag sie in einem weißen Bademantel im Bett in der vierten Etage des Deauville, angelehnt an die obere Bettwand, und verströmte mit ihrem dunklen Körper eine Liebe bis zu ihm hin, und er konnte sie im Spiegel sehen.

Es stellte sich heraus, daß er sie wirklich liebte.

Jetzt waren schon bald vier Wochen vergangen, und er hatte sich noch keinen Augenblick um seine Aufgabe gekümmert. Sämtliche Faxe, die ihn über das Hotel erreichten, blieben unbeantwortet. Die Lage, in die er sich im Schlaf hineinbegeben hatte, wurde allmählich ungemütlich für ihn.

Sie fuhren praktisch jeden Tag mit dem Taxi zum Patrice-Lumumba-Strand.

Gehen wir noch ein paar Schritte am Meer ...

Bald würde er eine Delegation von österreichischen Schriftstellern am Flughafen abholen müssen und ihnen Kuba zeigen. Vier Wochen blieben ihm noch bis zum Beginn der Passionszeit. Am Straßenrand des Malecón stand ein Schwarzer, der seine frischgewaschene Calvin-Klein-Unterhose verkaufte, heimlich zog er sie aus einer Plastiktasche und bot sie Franz Marinelli an.

Ihm fiel seine alte Badehose ein, mit den Frei- und Fahrtenschwimmerabzeichen, zwei Wellen auf blauem Grund – jetzt bedauerte er, daß er nicht mehr wußte, wohin sie verschwunden war, so wenig wie die Jahre, es gab sie doch? Oder nicht?

Morgen wollten sie die zwei Ferkel in die neue Wohnung schaffen.

3.

Zweifellos hatte er sich auch wegen der Zigarren für Kuba entschieden. Er rauchte jeden Tag seine Havannas, manchmal neben der Liebe her; und wenn das Feuer ausgegangen war, nahm Ramona die Zigarre, schaute ihm dabei mitten ins Gesicht und zündete sie wieder an, und Franz hat alles fotografiert.

Ramona war das einzige, was er noch fotografieren wollte.

Nun wohnten sie schon in der Altstadt, irgendwo oben, mit einer Tür zu einer Dachterrasse hin, auf der die beiden Schweine nun keine Ferkel mehr und schon fast zu Jungschweinen geworden waren, so daß Franz es gelegentlich mit der Angst zu tun bekam. Ratlos stand er vor dem Leben wie vor dem Meer.

An seinem vierzigsten Geburtstag hatte er endlich ernsthaft Spanisch zu lernen begonnen. Seine zwanzigjährige Lehrerin lag nackt auf ihm, und er sollte das Wort *corazón* nachsprechen. Ein schweres Wort, das gleich mehrere Tücken enthielt, und außerdem konnte er kaum sprechen, weil alles so nah war. Neben ihm lag die Frau, die ihm in sein Notizbuch geschrieben hatte: *I will wait for you all my life and today for your call at 7.30 – Ramona.*

Ihm schien, als hätte er sein bisheriges Leben zwischen zwei Betondecken verbracht, über einer Tankstelle an einer Schnellstraße in einem Seitental. Alles war nichts gewesen in seinem bisherigen Leben.

Jetzt aber war ihm alles leicht und unbeschreiblich. Nur wußte er nicht, wie er das auf spanisch sagen sollte.

Das Notebook lag auf dem Bett, die alte, laute Aircondition lief nicht, denn er brauchte die Steckdose für den Computer, und einen Tisch gab es nicht. Das war der einzige Platz, wo er dies aufschreiben konnte. Sein Kuba-Tagebuch. Nebenan lag Ramona nackt und träumte noch, und er hatte allen Grund zu glauben, sein Frühling sei angebrochen. *Der* oder *sein* Frühling, was auf dasselbe hinauslief. Und er schrieb seine Sätze direkt von diesem Körper weg in die Maschine.

Die Stadt war grau, keine Bougainvillea die Wände entlang oder Weinblätter die Wände hoch, so groß wie Feigenblätter. Das Blühen war auf die Menschen verlagert.

Einst war die Liebe etwas Gewaltiges, und er hatte Angst, von ihr umgebracht zu werden. Doch bald sah es nach Wiederholung aus und war etwas, das nebenan lag, zu dem er wie nebenbei griff, wie zu einer 1-Peso-Zigarre oder zur Plastikflasche mit dem Mineralwasser. Dies waren nun seine Musen: die Zigarre, das Mineralwasser, Ramona nebenan und die Erinnerung an das erste Mal, in einem dunklen Treppenaufgang in der Calle Obisbo im Haus des Komitees zur Verteidigung der Revolution, einem Haus in der Altstadt von Havanna, und die Hähne krähten schon, die er fast ein Leben lang nicht mehr gehört hatte, und das in dieser Stadt, die zu alledem auch noch am Meer lag.

Nur Äpfel gab es nicht. Die Äpfel waren eine Paradiesesfrucht, die es in Kuba nicht gab. Die Äpfel waren die kubanischen Bananen, und der Schnee war ein Traum, der die Welt zum Schweigen bringt mit dir und mir unter einer Decke.

Es war nicht mehr ganz so wie am ersten Tag.

Aber immer wieder saßen sie die halbe Nacht auf einer Bank im Park zwischen dem Inglaterra und dem Hotel Plaza, bis es hell wurde, und sie waren derart ineinander verschlungen, daß die Revolutionswächter gar nicht sahen, daß es sich bei Franz um einen Ausländer handelte, dem dies alles verboten war.

Geweckt durch die Geräusche, die von außen hereinkamen, vor allem, wenn es im Fernsehen nebenan knallte und jemand erschossen wurde, wachte sie auf und sagte *baby,* ohne die Augen zu öffnen, und schlief weiter. Zweifellos gab es irgendwo auf der Welt noch andere, die gerade *baby* sagten. Wahrscheinlich Tausende. Aber er war der einzige, der dies hörte.

Die Menschen saßen immer noch halbe Nächte draußen vor der Tür, manche, um die Liebenden nicht zu stören, manche deswegen, weil sie keinen Fernsehapparat hatten oder ihrer schon wieder kaputt war.

Das Leben in Havanna war jetzt nicht mehr so gut wie am Anfang, als er zum ersten Mal gesehen hatte, wie alt der Fernsehapparat war und wie schlecht das Bild und wie zufrieden die Zuschauer. Und er war in Wohnungen gewesen, wo in der Mitte der Fernsehapparat stand, die Mitte des Triptychons, und rechts und links davon die Seitenaltäre, links ein Foto von Che und manchmal auch von Castro und rechts die Madonna oder der heilige Lazarus, der die Menschen, die gar nichts mehr hatten, nicht einmal mehr sich selbst, am meisten aufbaute. Lazarus war einer, der war schon tot gewesen ...

Dies in Havanna, der Stadt, durch die keiner ging, ohne daß er von ihr gezeichnet worden wäre, Havanna, einst weiß und hibiskusrot, nun grau wie Husum, aber Husum war nicht so grau. Nur am Abend – etwa um die Zeit von La Paloma – kam in Havanna Leben auf, zur blauen Stunde, in der Ruinenstadt, die aussah wie nach einem Krieg: die Überlebenden waren zurückgekehrt und hatten schon aus Ruinenmaterial eine kleine Verkaufsecke gezimmert und gemauert, und mit Glück blühte etwas, und Mädchen liefen auf und ab, die ihre aufreizende Erscheinung damit entschuldigen konnten, daß es nichts anderes anzuziehen gab, und auch vielleicht damit, daß Havanna immer noch lebte.

Mittlerweile waren die Schweine noch ein schönes Stück gewachsen, ruhiggestellt durch Psychopharmaka, die offenbar auch Wachstumshormone enthielten, und mit zwei Plastikseilen, unter einem Waschbecken festgebunden. Sie entwickelten sich gut.

Der Umzug auf die Dachterrasse war mit einigen Risiken verbunden gewesen. Lidia vom Komitee zur Verteidigung der Revolution, die tagsüber auf einem Stuhl neben dem Hauseingang saß, konnte nun endgültig dahinter kommen. Auf der Suche nach Ideen war Ramona eingefallen, daß Franz Psychopharmaka mitgebracht hatte, seit Jahren abgelaufene Psychopharmaka und Schmerzmittel. Dann haben sie die Tiere mit einer Überdosis betäubt und in einem Badezuber, der mit Palmblättern zugedeckt war, nach oben geschafft. Es war eine winzige Dachterrasse, eine Ecke, die niemand einsehen konnte, aber aufgerichtet blickte Marinelli wieder auf Havanna, das da lag, als wäre es immer schon so gewesen.

Die seit 1961 ständig patrouillierenden Revolutionswachen sowie das hausinterne Komitee zur Verteidigung der Revolution hätten wahrscheinlich auf einem der beiden Schweine bestanden als Kompensationsgeschäft. Wahrscheinlich waren die Tiere längst entdeckt worden. Es würde sich bald herausstellen, welchen Anteil sie verlangten.

Die Tiere waren in ein Behältnis eingesperrt, etwa so groß wie ein Kinderbett, und wenn sie gefüttert wurden, drehte Ramona den Fernseher lauter; er lief ohnehin Tag und Nacht. Meist schliefen die beiden hübschen Lebewesen. Und Havanna war sowieso voll von Geräuschen und Gerüchen.

Die Schweine bekamen aus einer seit zwei Jahren abgelaufenen Großpackung jeden Tag eine Pille ins Futter. Manchmal sind sie nicht einmal zum Fressen aufgewacht, beziehungsweise während des Fressens wieder eingeschlafen. Schon zwei dieser Psychopharmaka führten angeblich zum Herzstillstand. Also haben die Schweine täglich eine Tablette zu zweit bekommen und sich tadellos verhalten, wie Henry gesagt hätte. Und die Schweine wuchsen auf ihre Bestimmung zu und würden nun *bald soweit* sein, wie die Schweinehändler in Tirol sagten. Und die halbe Nacht krähten die jungen Hähne, als bereiteten sie sich auf das Leben vor.

Wir wollen alle sein wie Che! las Franz auf dem Riesentransparent des Daches vom *Havana libre* in zwei Meter hohen Buchstaben: so groß waren auch die Lettern im Petersdom zu Rom: *Du bist Petrus der Fels und auf diesen Felsen werde ich meine Kirche bauen.*

Ramona hatte vor Franz einen Freund gehabt, von dem sie viel erzählte.

Allerdings war ihr Liebhaber auf dem Weg nach Norden, ins Gelobte Land, auf einer Nußschale im Meer verschwunden, unklar, ob verdurstet oder ertrunken, sagte sie. *Ich werde dich zu mir holen,* hatte er ihr versprochen. Längst war ihre Geschichte vom Bett ins Herz verlagert.

Wäre er tot, hätte er sie das wissen lassen, denn die Toten hatten in Kuba mehr Möglichkeiten als die Lebenden, sagte Ramona, die eine Gläubige der Santería war.

Marinelli sah, wie Ramona, die sich zum Frühstück eine Banane geholt hatte, zu den Schweinen hinüberschaute, sie betrachtete, dabei ihre Banane schälte und, während diese Banane in ihrem schönen Mund verschwand, auch Fluchtgedanken hegte, weg von hier, von ihm … Ihr Wort war *baby*, so wie seine Mutter *Lügner!* vor sich hin gesagt hatte.

Sie schälte ihre Banane und dachte dabei an ihre Flucht nach Amerika.

4.

Er mußte bald los und die Delegation aus Wien abholen. Es war schon fünf nach sieben Uhr abends. Jetzt saß im Flugzeug, das vielleicht schon die Reisehöhe verlassen hatte, diese Delegation, und sie kramten ihre Sachen zusammen und warteten auf die erste Zigarette und würden bei der Landung nicht klatschen, aber insgeheim doch froh sein, wieder einmal mit dem Leben davongekommen zu sein. Das war er auch, selbst wenn er sich mit Ramona immer noch mit Pidgin-Englisch weiterhelfen mußte. In den vergangenen Monaten war zwar viel vom Sprachkurs die Rede gewesen, aber sie waren irgendwie nicht dazu gekommen. Und er mußte an ihre Vorgängerinnen denken, die Liebe war immer an der Sprache gescheitert, er konnte es einfach nicht sagen. Liebe war ja etwas, das an der Sprache scheiterte.

Franz stand auf, löste sich vorsichtig von Ramona, die wieder *baby* vor sich hinsagte, ohne die Augen zu öffnen, als wäre dies das einzige Wort, das sie noch sagen wollte, und schlurfte zum Kühlschrank, dessen Tür nicht ganz geöffnet werden konnte. Milch gab es nicht in Kuba, die war für die Mütter reserviert. Es war eine Art Fruchtsaft, den er in die Tasse schüttete. Diese grobe Tasse war wohl ein Geschenk aus dem deutschsprachigen Bereich, vielleicht von einem Vorgänger und Verehrer Ramonas: *Ich liebe dich*. Franz traute sich nicht zu fragen. Jetzt führte diese Tasse ihr Emigrantinnendasein und würde irgendwann in der Fremde zerbrechen.

Mit Ramona war es nicht mehr wie am Anfang. Er war nun auch schon in ihren Armen eingeschlafen und bekam allmählich Angst vor den Schweinen und der damit verbundenen Hochzeit. Er wußte seit Wien, was eine Ehe war.

Franz Marinelli, der die letzte Nacht nicht geschlafen hatte, stand nun todmüde mit seinem Schild *Schriftstellerdelegation Wien* in der José-Martí-Begrüßungshalle und schlief im Stehen sekundenweise immer wieder ein.

Die erwartungsvollen Gäste aus Wien würden bald durch diese sich automatisch öffnende Milchglastür kommen. Rose Semmering würde *Das Paradies* in der Hand halten, in dem sie wohl im Stehen in der langen Einreiseschlange gelesen hatte. Er kannte sie wie die anderen nur von Fotos. Sie war ihm als schwierig beschrieben worden.

Franz stand hier, um die Delegation der österreichischen Schriftsteller abzuholen, deren Betreuung er irgendwann, in Vorzeiten, für die kommenden Tage und Wochen übernommen hatte. Dazu hatte er naturgemäß überhaupt keine Lust. Aber schließlich hatte er die vergangenen Monate von dieser Aufgabe gelebt und Ramona auch.

Der Bus der Firma Kubatour stand schon klimatisiert für die Gäste aus Wien bereit.

Marinelli war mit dem Taxi angefahren gekommen, im braunen Anzug und mit einer Krawatte in den kubanischen Farben nach Landessitte zurechtgemacht, und er war immer noch schön, wenn auch ein wenig zerzaust anzusehen. Er sah eben aus, wie verstörte Verliebte aussehen, etwas schlaflos und übermüdet. Er hatte es gerade noch geschafft, zum Zeitpunkt der Landung eilte er an den Gepäckträgern und ihren Wagen vorbei in der unbegründeten Angst, das Flugzeug könnte schon da sein und die Delegation könnte kopflos herumstehen oder hätte schon Kontakt zur Botschaft aufgenommen und nach ihm gefragt.

Zugleich hoffte er auf eine Verspätung; am liebsten hätte er allerdings gehabt, die Wiener wären unter diesen Umständen, in seiner Situation, gar nicht gekommen, wären abgestürzt, und er hätte ein Ausfall-Honorar erhalten.

Oder doch besser davongekommen, entführt worden, in der Luft unterwegs in die entgegengesetzte Richtung und noch genug Benzin, das schon. Er wollte ja kein Unmensch sein, wollte nicht sein wie sie. Sie sollten davonkommen, alle, auch Ramona, die ihm nun etwas zu häufig das Wort *baby* im Mund führte, auch die Schriftstellerin Rose Semmering, die ihn durch wochenlange Fax- und sonstige Anfragen über die Botschaft am meisten genervt hatte.

Aber diese Hoffnung verflüchtigte sich immer mehr, klamm ging er auf die Arrival-Halle zu – *Llegada,* Ankunft: was für ein schönes Wort eigentlich.

Bald würde er sagen *Ich fe-reue mich* mit althabsburgischem Zungenschlag, ähnlich wie Claire im Opern-Foyer, und dabei einer nach der anderen Person dieser zum Teufel oder auch nur anderswohin gewünschten Delegation die Hand geben und sie anlächeln und ihnen ins Gesicht sagen, wie sehr er sich freue, daß sie sich endlich persönlich kennenlernten, und was für eine Freude es ihm sei, sie in den nächsten zehn Tagen in Kuba zu begleiten, und daß er das Seine dazutun wolle, daß der Aufenthalt ein unvergeßlicher werde und so fort. Und als er die Ankunftshalle betrat, wechselte er in Sekundenschnelle in einen Ausdruck zwischen demütig und fatalistisch.

Lob des Lügners sollte sein Kuba-Tagebuch heißen. Er musterte sich noch ein letztes Mal kurz in einem Spiegel, der die Buntheit der Halle verdoppelte und vergrößerte, und er, der sich nun im Spiegel, von Palmen und den Farben Kubas drapiert, in der Mitte von allem entdeckte, sah auf sich hin, als wären es Spermaflecken auf dem Anzug – das war das schlechte Gewissen, das ein Leben lang in den Spiegeln 1:1 vor ihm stand.

Darin unterschied er sich von den richtigen Lügnern, daß er nicht gerne ein Lügner war. Wahrscheinlich war das der einzige Unterschied zu seinem Vater, daß er sich dafür schämte, daß er ein Lügenleben führte. Dieses schlechte Gewissen war vielleicht sein einziger richtiger Lebensgefährte.

Franz staunte nicht schlecht, als er sah, daß sich die Delegation auf drei Personen verkleinert hatte. Von ursprünglich acht avisierten Schriftstellern plus Begleitung waren drei Magermilchgesichter übriggeblieben. Es waren nur Rose Semmering und zwei alleinreisende Schriftsteller, die auf ihn zukamen, wobei die Herren von der Semmering nichts wissen wollten und von ihm auch nicht. Bald sah Franz schwierige Tage auf sich zukommen, mit Menschen, die so aussahen, als könnten sie sich wie manche Kinder nicht mit sich selbst beschäftigen und ständig einen neuen Wunsch haben.

Es war wie bei den Schmerzen, die auf zwei Stellen verteilt leichter zu ertragen waren.

Die Schriftsteller hatten es sich aussuchen können: eine Begegnung mit dem Schriftstellerverband der Mongolei oder eine Tagung in Bombay mit Ajurveda-Kur oder eine Luxusreise zu den Mogulstädten, wo lächelnde Menschen den Kopf schüttelten und ja sagten. Aber sie haben sich für den Ausflug nach Kuba entschieden, und zwar wegen des Films von Wim Wenders. Und Marinelli mußte es büßen.

Es war mittlerweile Abend. Morgen sollte er mit den Schriftstellern um sieben frühstücken (an sich schon ein Horror: Schriftstellerfrühstück, wußte Franz) und den Tag besprechen. Die Wiener waren ja wegen der Zeitverschiebung von sechs Stunden sicher schon um vier Uhr morgens hellwach, als wären sie Frühaufsteher, dabei war es dann in Wien gerade zehn Uhr, und ihre Kollegen waren dabei, sich in den Tag hineinzuschwindeln.

Das war sonst die Zeit, zu der Ramona *baby* vor sich hinsagte, ohne die Augen zu öffnen.

Und *banana* sagte und mit ihrer schönen Hand nach ihm griff. Statt dessen standen schließlich die drei Trottel aus dem Alsergrund da, zwei Männer, eine Frau, mit ihrer tropentauglichen Aufmachung, schwitzend und erschöpft und doch selig und erwartungsvoll, daß jetzt Großes auf sie zukäme.

Die erste, die er definitiv entdeckte, war Rose Semmering. Zweifellos ein Kunstname, wahrscheinlich hieß sie Nudelhuber. Man hatte ihn in Wien vor dieser Frau als Querulantin gewarnt. So wunderte es ihn nicht, daß ausgerechnet diese Person es als erste zu ihm hin geschafft hatte.

Und er sagte *Ich freue mich! Hatten Sie einen guten Flug? Sie sind sicher erschöpft – wir fahren gleich ins Hotel* und so fort, und war schon am Einschlafen.

Rose Semmering notierte gleich ihren ersten Eindruck ins Dossier für Wien. Dazu ging sie erst einmal zur Toilette und schaute herum mit dem Toilettensuchblick auf dem Gesicht und sagte zu sich selbst: *Jetzt geh i schaun, ob i mir die Augerln an die richtige Stell gmalt hab.*

Seine eigentliche Leistung in diesen Tagen würde sein, nicht einzuschlafen.

Rose hatte wahrscheinlich ganz schnell aufgeschrieben, was sie sah: daß der Reiseleiter schon am Flughafen bei der Abholung im Stehen eingeschlafen war und daß die Delegation sich die Welt selbst erklären mußte und sie, Rose, eingesprungen war und das Mikrofon ergriffen hatte, aber es funktionierte nicht richtig.

Es tat Marinelli dann doch leid, als er sah und zugeben mußte, wie rührend sich diese Frau um die mitgereisten, völlig unbeholfenen und transatlantikunerfahrenen und letztlich tropen-, vielleicht sogar lebensuntauglichen Gäste und ihr Gepäck kümmerte und wie sie herüberschaute zu ihm. Er war ja so schwach, und sie war so *patent*. Wie sie souverän ein erstes Trinkgeld gab, während die zwei Männer wie verstockt und stumpfsinnig in ihren Polstern saßen und nicht hinein- und nicht hinaussahen und schauten, als wäre ihr Leben eine einzige Entschuldigung für ihre trostlose

Erscheinung und ein Grund, kein Trinkgeld zu geben.

Es dauerte eine Stunde, bis sie in der Stadt waren, eine Ankunft in der Abenddämmerung, so daß selbst der Flughafen in das mystische Abendlicht der Tropen getaucht war, während die Semmering lächelte. Sie tat ihm sofort leid, schon sah er die Liebe auf sich zukommen.

Zuerst hatte er gedacht *diese furchtbare Person.* Dann aber war sie doch zuvorkommend mit ihren Händen und Augen.

Franz hatte den Auftrag, die Delegation aus Wien auch zu fotografieren. Keine leichte Aufgabe. Sie waren eigentlich nicht fotografierbar und sagten nun auch noch, daß sie nicht fotografiert werden wollten, und machten Anstalten, sich vor der Kamera zu verstecken; und doch glaubten sie das Gegenteil davon, wenn auch die Aufnahmen der allgemein verbreiteten Meinung Recht zu geben schienen, daß Schriftsteller nicht zu fotografieren waren. Zwei ziemlich magermilchgesichtige, dicke Menschen, die ein Recht auf sein Mitleid hatten und Bücher schrieben. Und dazu Rose, die zum ersten Mal unglücklich in die Welt schaute.

I ess gern mit die Finger, weißt. So schaute sie. So etwas war ganz schwer zu fotografieren.

Der Minibus, der Fahrer, der ganze Aufwand waren auf die Gruppe hin konzipiert, aber die Männer trieben sich bald herum wie er auch und gingen eigene Wege. Nur eine war übrig geblieben für ihn, und das war Rose Semmering. *Du kriegst auch eine,* hatte der eine Schriftsteller zum anderen gesagt, der schon am ersten Abend von Franz erwischt worden war mit zwei Schwestern, die eine weiß, die andere schwarz.

Daß drei Personen derart nerven können, hätte ich nicht für möglich gehalten, sagte die Botschafterin. Sie hatten schon in Wien versucht, Depeschen ans Auswärtige Amt zu schicken, belästigten nun die Botschafterin und drängten noch in der Arrival-Halle auf einen Termin beim Maximo Lider, während sich Rose von der Milchglastür an ganz auf ihn stürzte.

Aber dann saßen alle drei artig in der ersten Reihe des auf zwanzig Personen ausgelegten Busses, der ihnen für die gesamte Zeit von der österreichischen Botschaft zur Verfügung gestellt worden war, und taten so, als sähen sie die Stretchware nicht.

Doch schon einen Tag später würden die zwei auf dem Platz der Revolution nach *Reiterinnen* Ausschau halten und fündig werden.

So schnell war es bei Rose noch nie gegangen. Sie war eine sehr liebe Person, und Franz konnte sich nicht vorstellen, zu ihr einmal *geile Sau* zu sagen, was ihm sonst wie eine Kosevokabel über die Lippen kam – und wäre es im Scherz gewesen und nicht im Todernst beim Liebemachen.

Der Platz der Revolution, an dem sie nun vorbeifuhren, mit blauen Bäumen, deren Namen er nie erfahren hat, war in jenem Jahr die erste Adresse für jene völkerverbindenden Begegnungen und Gipfeltreffen – und außer den Pauschaltouristen und den Überweisungen aus Miami das dritte Standbein, weswegen es das sozialistische Modell überhaupt noch gab. Und alle hingen vom Dollar ab.

Als Touristin würde sie ratlos den Malecón auf und ab gehen und nicht wissen, warum sie hier war und warum sie das Leben so quälte, nachdem sie gesehen hätte, daß es mit der Liebe nicht so schnell etwas würde. Rose Semmering war ein blindes Huhn auf einer Welt ohne Körner.

Bis zum Ende der Reise, ob in Mürzzuschlag oder wo auch immer, würde sie nicht mehr durchhalten.

Immer wieder schlief er ein. Das einzig Aufmunternde waren die Parolen und Transparente, manche davon niederschmetternd wie *Socialismo o muerte!*, und dies beim Überholen von Bussen, die Verlade-Lastwagen waren, auf denen dichtgedrängt lethargische Kubaner in farbigen Kleidern standen, ein Paradies, aber nur für Frotteure.

Bald konnte die Enttäuschung des ersten Augenblicks von den blassen Wiener Gesichtern abgelesen werden. Immerhin hatte der Bus in Wien noch in der sogenannten Herrgottsfrühe freigeschaufelt werden müssen. Auch in Wien gab es ja diese Menschen, diese Arbeitstrupps von Sozialhilfeempfängern, die in den kältesten Kontinentalklimanächten Wiens, mit Pickeln ausgestattet, die Ausfallstraßen, aber auch die besonders begangenen Gassen der inneren Bezirke vom Eis, das manchmal an polares Packeis erinnerte, befreiten, nachts. Auch hier sah man diese Gruppen, Truppen, die an der Arbeit waren, angetrieben wie in alten Zeiten von Aufsehern, die mit Schlagstöcken bewaffnet waren und sicher das Privileg hatten, arbeitsscheues Gesindel auf den richtigen Weg zu bringen. Als wäre der einzelne Mensch Eigentum des Volkes.

Rose war nun das erste Mal entsetzt, sagte es aber nicht. Es war alles wie im Winter in Wien. Nur war es hier die Hitze. Für die kommenden zehn Tage mußte sich Rose jeweils 35 Grad Celsius und eine Luftfeuchtigkeit von 95 Prozent dazudenken, als wären Empfindungen in Zahlen anzugeben.

Kurz darauf, beim Welcome in der Hotellobby, die sie mit Hunderten anderen teilte, lobte sie die Frische der Zigarillos, die bei einigem Nachdenken auf das feuchte Klima zurückgeführt wurde. Sie ermutigte Franz zu rauchen: *Nein, ich rauche nicht, aber ich rieche Zigarrenrauch gern. Mein Vater rauchte bis zuletzt, praktisch noch auf dem Totenbett.*

Bei uns können sie ohne Humidor nicht leben. Aber hier scheint ja das ganze Land ein einziger Humidor zu sein. Auch der Name von Che Guevara, mit dem sie in den folgenden Tagen noch oft konfrontiert werden sollten, fiel hier zum ersten Mal. Und sie sahen zum ersten Mal Che Guevaras herrliches Bild. In Rom und in anderen Wallfahrtsorten dieser Welt gab es immerhin eine Vielzahl von Heiligen: hier in Havanna, wie sie bald feststellen sollten, praktisch nur einen einzigen, und das war Che; sein Heiligen-Attribut war die Kalaschnikow und die Zigarre sowie ein schönes Gesicht; und anstelle des Heiligenscheins trug er seine Kappe mit dem Stern. Ansonsten blickte er etwa so wie Jesus auf den Bildern des 19. Jahrhunderts. Sah so ein Erlöser aus? Sie wollte nichts von einem Erlöser mit einer Kalaschnikow in der Hand oder mit einer Botschaft *Sozialismus oder Tod!* wissen.

Wahrscheinlich hatten sie sich nun den ersten dreckigen Witz des Tages erzählt, angespornt durch den Rum aus der Flasche vom Duty Free und die Aussicht auf kommende Tage. Und die zwei Schriftsteller lachten, ohne zu erröten. Ihre Reaktion auf einen schmutzigen Witz war jeweils nur Gelächter, das war alles. Die Welt bot ihnen keinen Grund mehr, rot zu werden. Das Gelächter war alles. Wenn hingegen Franz Ramona sah, wie sie sich vor ihm auszog, wurde er immer noch rot. Auch aus Dankbarkeit, daß er immer noch rot werden konnte. Solange er rot wurde, gab es die Liebe.

Die zwei aus dem Inneren Österreichs hingegen, das ganz ohne Meer auskommen mußten, so zwei waren das, dachten sich bereits während der Fahrt in die Stadt ungewöhnliche erotische Konstellationen aus, Sex am Strand, Unterwassersex, und hatten das schon Wochen vor dem Abflug getan und prophylaktisch in der Badewanne geübt. Und während sie die aufmunternden Transparente *Sozialismus oder Tod!* lasen, war in ihrem Kopf nichts anderes als dies: daß eines Tages, vielleicht auch nachts, vielleicht schon morgen, es wahr würde und sie auf der Plaza de la Revolución *eine* finden würden, mit der sie zum Meer aufbrächen, die mit ein paar gebrauchten Badeschlappen, die sie im Gepäck hatten – immerhin einer Firma mit Label –, zufrieden sein würde und auch noch von Liebe redete.

Franz graute wieder vor dem gemeinsamen Frühstück am nächsten Morgen.

Nun fuhren sie schon den Malecón entlang, den alle drei aus dem Wim-Wenders-Film kannten, und sahen sofort, daß dies ein Betrug war, die längste Betonpromenade der Welt. *Aber das Meer war nah und lebte.*

In der Hoffnung, daß noch etwas käme, waren sie nun auf der Höhe des Paseo José Martí, wo sie vom Meer weg stadteinwärts abbogen, und bald gab es einen Begrüßungs-Drink in der schönen Halle des Hotels Sevilla.

Franz hatte es gerade noch geschafft, sie im Hotel abzuliefern.

Ramona schlief schon, und das eine Bein schaute unter dem Leintuch heraus.

5.

Am anderen Morgen stellte sich Rose auch schon ihrem Zimmermädchen vor. *Sie wissen doch sicher jemanden, der dafür Verwendung hat*, sagte die Semmering mit althabsburgischem Charme und überreichte ihrer Putzfrau ihr erstes gebrauchtes Leiberl. Eine schöne Formulierung von ganz weit her, aus höflichsten Zeiten, natürlich wußte Rose genau, für wen dieses Leiberl war. Und so würde sie es auch in den kommenden Tagen machen. Sie hatte genau so viele alte Sachen dabei, wie sie Tage hier sein wollte. Sie würde dann mit der letzten verbliebenen Garderobe, der von *Max Mara*, zurück nach Wien fahren. Auch zahllose Shampoopackungen, Vitamine, Schmerzmittel und andere Dinge wären bis dahin verschenkt. Rose wußte noch nicht, was Franz von Ramona bald gehört hatte, daß nämlich alle Devisenputzfrauen Kubas Millionärinnen seien und daß die Touristen, statt dem Musiker aus Rührung zehn Dollar zuzustecken, lieber jedem Bettler auf der Straße einen Dollar hätten geben sollen. Dann hätte der wenigstens einen Tag lang etwas zu essen und zu trinken gehabt.

Sie freute sich auf Franz.

Die Männer versuchten es von Anfang an auf die legere Weise. Das Buffet war fast schon zum zweiten Mal abgefressen, bei fast 30 Grad Celsius um neun Uhr morgens. Franz war noch nicht erschienen, also gingen sie selbst zum Frühstücksbuffet.

Ich gehe schon mal! Es war rührend, wie sie in ihrer Freizeitkleidung zum Buffet schlurften, in einer leichten Sommertrainingshose, mit der sie auch auf einen der Flohmärkte in der Flohmarktmetropole Berlin gehen hätten können.

Bei Rose war es anders. Sie hatte sich für Franz fein gemacht an diesem Tag. Da sie eine ängstliche Person war, hatte sie alle Anspielungen auf die USA in ihrem Äußeren vermieden, auch aus Feinfühligkeit, sie nahm ja die Menschen wahr, und es war ihr nichts und niemand egal. Sie war eine Beobachterin und hatte vieles bemerkt, zum Beispiel, daß nun auch die Menschen auf den Trottoirs und in den Shopping Malls und in den neuen Erlebnisbahnhöfen im Rechtsverkehr unterwegs waren, als wären sie Autos, selbst auf den Toiletten gingen sie im Rechts-vor-links-Verkehr aneinander vorbei, denn fast alle hatten nun den Führerschein. Diese schönen Beobachtungen kamen ohne Frage alle in ihr neues Romanmanuskript.

Rose trug ihre Baskenmütze mit dem Stern und sah ein wenig wie Che Guevara aus – arme Rose –, so daß sich selbst die Abräumer über dieses Outfit lustig machten; aber auch ärgerten, denn bei den wenigsten Kubanern genoß Che überhaupt noch Ansehen. Seitdem die Revolutionäre aus der Sierra Maestra heruntergestiegen waren, sind die Kubaner, selbst die Spüler und die Klofrauen, mit Che Guevara gequält worden und mußten es büßen, daß der schöne Mann so früh starb. Der Spüler trat heraus, um Rose in ihrer Che-Aufmachung am Frühstücksbuffet zu sehen, wie sie erwartungsvoll und unentschieden bei den Früchten stand und mit einer Gabel im Ananasbouquet herumstocherte aus Vorfreude auf den schönen Tag, aber noch nichts nahm, denn sie wollte gemeinsam mit Franz an einem Tisch sitzen.

Auf der Dachterrasse saß schon der Dicke aus Wiener Neustadt, der von Stipendien und Stadtschreiberposten lebte. Er saß an einem Extratisch und tat so, als sähe er Rose nicht, wie sie da stand und wartete. Die Helligkeit von Havanna rächte sich nun an seinem Kopf – vielleicht war dieser Kopf einmal grau gewesen, jetzt schimmerte grüngelbliches Haar auf einer schwärzlichen Basis. Als Rose ihn entdeckte, setzte sie sich einfach zu ihm, und er nahm sie in Kauf, als wäre Rose eine weitere Voliere, zusätzlich zu den zwei Vogelkäfigen, zwischen denen er saß. Sie war ja auf der Suche nach Franz gewesen, der versehentlich an einem anderen der hundert Tische sitzen konnte und dort auf sie wartete, und sie hatte ihn nicht bemerkt, so denken Liebende immer.

In dem einen Käfig saßen Wellensittiche, im anderen Kakadus.

Wie viele waren es eigentlich? – Als wäre es darauf angekommen.

Der Dicke war auch der Zyniker der Delegation: *Was willst du, Rose – die Viecher bekommen ihr Futter und haben ihren Platz im Leben*. Tatsächlich erhielten die Vögel mehr Aufmerksamkeit als die

Menschen, die hier ihr Frühstück zu sich nahmen, und wurden von den Gästen immer wieder aufgefordert zu fliegen: *Flieg doch!* Aber diese kubanischen Vögel waren genauso eingesperrt wie die kubanischen Menschen – nur war es noch deutlicher zu sehen. Franz war immer noch nicht gekommen, und es würde bald abgeräumt.

Manche hatten Mitleid mit diesen Vögeln. Rose sah, wie sie davonfliegen wollten, wie sie ihr Leben damit verbrachten zu schauen, ob vielleicht doch noch eine Möglichkeit wäre zu entkommen. Denen am Nachbartisch, die dies hören sollten, sagte sie, sie werde gleich aufstehen und den Käfig öffnen. *Ich werde gleich aufstehen und den Käfig öffnen!* sagte sie.

Aber sie hat es nicht getan, sondern ist zum zweiten Mal zum Büffet gegangen, zum Nachfüllen, ist wiedergekommen und hat weitergegessen und kurz darauf wieder die Aussicht gelobt. Havanna war eine Morgenfreude. Franz war nicht tödlich verunglückt, und es war ihm auch sonst nichts passiert, wie sie kombinierte. Er hat nur verschlafen und wird, charmant wie er ist, gleich durch die Schwingtür erscheinen und sich artig entschuldigen, und ich werde ihn noch lieber haben, dachte sie.

Gleich wird Franz an meinen Tisch kommen, dachte sie. *Und am Montag werde ich neben ihm sitzen auf dem Weg nach Vinales.* Sie schaute auf die Uhr und lebte in Vorfreude, noch von Erfahrung ungetrübt.

Franz Marinelli war immer noch nicht gekommen. Allmählich war sie doch etwas verstimmt.

Es wurde knapp, wollten sie um zehn Uhr zur Führung am Museum der Revolution sein.

Wo war Franz? Zum Frühstück war er nicht erschienen. Der Dicke war gegangen und wollte den Tag selbst in die Hand nehmen. Rose saß da, bis um Punkt zehn sozialistischer Ortszeit das Buffet abgeräumt wurde. Dann fuhr sie zur Lobby hinunter. Rose machte sich nun doch Sorgen, ihm könnte etwas passiert sein, und wollte die Botschafterin anrufen. Sie hat mit dem Dossier aufgehört. Aus ihrem Dossier für das Auswärtige Amt war ein Protokoll ihrer Liebe geworden.

6.

In der Wohnung war es sehr heiß. Ramona war schon aufgestanden. Renie war überraschenderweise am Morgen vorbeigekommen, hatte sich vor Franz auf die Bettkante gesetzt und plapperte mit Ramona, während sie unter der Dusche stand, in dem kubanischen Spanisch, das für ihn so schwer zu verstehen war. Sie wollte gleich zum Haarefärben zu Graciela. *Ciao, baby* sagte sie und war schon verschwunden. Renie blieb und ging nun auf die Terrasse, wie Franz vom Bett aus sehen konnte. Es war ihm nicht angenehm, mit Renie allein in der Wohnung zu sein, auch wenn er ihn gut leiden konnte. Vielleicht war es gerade das. Außerdem sollte er längst im Hotel sein. Und mußte noch die Schweine füttern. Er stand endlich auf. Renie hatte sich in seinem Unterhemd und der Adidashose über die Terrassenmauer gebeugt und halb nach Havanna, halb zu ihm hin geschaut, wie er den Schweinen etwas Undefinierbares zu fressen gab. Aber anstatt sich für den Tag bereit zu machen, sich zu duschen und schleunigst ins Sevilla zu fahren, hat sich Franz wieder ins Bett gelegt und so getan, als läse er in *On the Origin of species by means of natural selection.*

Ohne etwas zu sagen, hat Renie sich nun unter die Dusche gestellt, als wollte er ihm vormachen, wie man richtig duscht, während Franz so tat, als läse er, und dann hat Renie ihn gefragt, ob Franz ihm den Rücken einseifen könne, als wären sie im Internat. Ob er etwas für ihn tun könne, hat Renie mit einem Lächeln gefragt. Und da Franz eine Bitte nie abschlagen konnte und ihm einen Gefallen tun wollte, wie er sich einredete, wie damals im Schlafwagen, hat er es gemacht, zunächst aus Nächstenliebe. Und dann aus Liebe.

Franz wußte ja schon vom Patrice-Lumumba-Strand, von Ramona, daß Renie schwul war. Er wäre jetzt gerne anderswo gewesen, am liebsten tot, aber auf einmal sah er wieder hin, er mußte hinschauen und wegschauen. Er mußte immer mehr wegschauen, weil er immer mehr hinschauen mußte. *Sei doch nicht so verklemmt*, hieß es damals. Aber Renie kannte dieses Wort nicht, weder auf englisch noch gar auf deutsch, und Franz blieb gar nichts anderes übrig als nichts zu sagen, und Renie lächelte sein Lächeln und sagte dazu das in allen Sprachen gleich furchtbare *no problem*, lächelte, und dann standen sie unter dieser Dusche.

Und sie standen auf engstem Raum mit ihren Händen und Augen und dem Wasser, das an ihrem helleren und dunkleren Körper hinunterlief, und waren schon dabei, den Boden unter den Füßen zu verlieren, als die Tür aufging und Ramona mit gefärbtem Kopf *These two pigs!* rief, so laut, daß man es im ganzen Haus hören konnte. Nur die zwei Schweine haben davon nichts mitbekommen.

Am Ende wäre er am liebsten unter dem dreckigen Laken verschwunden und nie mehr aufgetaucht wie nach einer wüsten Alkoholnacht, wenn einzelne Dinge und Sätze wiedererschienen, als täten und sagten Säufer die Wahrheit. Am liebsten hätte er wie das Kind von einst die Augen zugemacht und *Ich bin nicht da* gesagt. Aber er war da, nichts als da.

Außer ihm nur noch die Angst. Er und seine Angst, das war alles. Auch die Angst, daß Ramona, die in den vergangenen Tagen oftmals *baby* vor sich hingesagt hatte, als wäre ein anderer gemeint, ihn verlassen könnte. Zweifellos würde er ihr alles sagen, er konnte sich ja nicht mit Alkohol herausreden.

Er habe es gemacht, um Renie einen Gefallen zu tun, belog er Ramona. Und ein wenig auch sich selbst.

Franz konnte sich ja nicht denken, daß dies vielleicht eine Auftragsarbeit von Ramona war, die ihn überführen wollte, um so die Eifersüchtige spielen zu können und auch um sich piano piano von ihm abzusetzen.

Schweine seid ihr! Aber dann beruhigte sie sich erstaunlich schnell und schlug vor, mit dem Gesicht einer Siegerin, zur Versöhnung auf die Terrasse des Capri zu gehen und eine Batida de Coco zu trinken. Das wollten sie am Abend tun.

Aber ab da tat Ramona so, als wäre etwas für immer zerbrochen. Und so, als hätte sie nun das Recht, doppelt eifersüchtig zu sein. Sie glaubte ihm natürlich kein Wort. Gleichzeitig tat sie so, als wollte oder müßte sie ihre Feindlichkeit verbergen, und spielte diejenige, die sich nichts anmerken läßt. Sie lächelte. *Seien Sie freundlich: die Kubaner machen die eine oder die andere Unzulänglichkeit durch ihr Lächeln wett* – o ja, er konnte es sehen, wie Ramona mit ihren Augen vor ihm stand.

Und Havanna war nicht mehr grau, sondern voller Stimmen. Von draußen hörte er, wie eine Damenkapelle *Tu querida presencia* spielte. Und auch die Schweine wuchsen ihrem Schicksal entgegen.

7.

Zu allem gab es noch die Delegation. Sie bestand vom ersten Morgen an nur noch aus einer einzigen Person, Rose, die nun am Tagebuch einer unglücklichen Liebe schrieb. Die zwei Österreicher waren zwischendurch aufgetaucht, waren zu Rose gekommen und hatten ihr einen schönen Tag gewünscht. Sie taten so, als wüßten sie nicht, worauf Rose wartete. Gleichzeitig ließen sie sie durch ihre Blicke wissen, daß sie es besser hätte als sie selbst und daß sie ihr etwas neiden dürften, und lachten dabei in sich hinein. Rose hätte noch in Sichtweite hinter der Glastür dem einen vom Mund ablesen können, wie er *Wenn alte Scheunen brennen* sagte. Rose dürfte etwa fünf Jahre jünger gewesen sein als die beiden. Sie saß nun sehr allein in ihrem Sessel.

Franz erschien, als wäre er wegen einer schweren Alkoholnacht nicht ansprechbar. Das gemeinsame Frühstück war immerhin schon seit Stunden abgeräumt. Sie erwartete ihn in einem der Fauteuils in der Lobby und tat so, als sähe sie nicht, wie er im Spiegel auf sie zukam.

Einen schönen guten Tag, Frau Semmering!

Ich sitze seit zwei Stunden hier.

Es tut mir leid, Rose, sagte er nun, als käme er aus einer Soap-Opera durch die Schwingtür herein.

War das alles?

Langsam taute sie aber doch auf, und durch die Anwesenheit dieser gutmütigen Wienerin beruhigte sich Marinelli und bildete sich wieder einmal ein, es wäre alles geschehen und vorbei.

Die zutraulich blickende Rose hatte es tatsächlich geschafft, Franz glauben zu lassen, es wäre alles halb so schlimm, und er war schon wieder dabei, einzuschlafen. Daß ihm zum Sterben war, kam hinzu. Für Rose war das aber ein Vertrauensbeweis, und sie fing an, dieses und jenes vor sich hinzusagen, als hörte Franz dies nicht ganz. Dinge, die sie ihm unbedingt sagen wollte, als wäre es auch halb so schlimm, daß es fast zu spät war für ihre Liebe.

Sie war dabei, ihm ihr Leben zu erzählen.

Rose war etwa zwanzig, vielleicht auch fünfundzwanzig Jahre älter, als sie sich in diesen lausigen Reiseleiter und Schriftstellerfotografen, von dem sie schon in Wien gehört hatte, verliebte. Der nun vor ihr saß, daß sie ihn hätte umarmen wollen, einer, der auf dem Weg nach Havanna neben ihr eingeschlafen war. Wie er den Kopf zur Seite fallen ließ mit geschlossenen Augen, das erinnerte sie mit einem Mal an Franz Joseph, mit dem sie vor vielen Jahren im Wohnmobil durch den Wienerwald gefahren war auf der Suche nach einem geeigneten Parkplatz, und *die Welt war voll von schön gewesenen Frauen.* Auch seine Kopfform, der Nacken, etwas, auf das Rose den allergrößten Wert legte, erinnerte sie an Franz Joseph. Diese Erinnerung war nicht unbedingt gut, aber süß. Und bitter.

Nun war sie so eine und fühlte schon, daß wir nicht wieder anfangen können. Franz, sah sie, war ein Leben jünger als sie.

Sie fragte, Fragen, die eigentlich dieser Reiseleiter hätte stellen sollen und nicht die Verliebte, ob sie nun zu zweit ins Museum der Revolution hinübergehen sollten, wo die alten Fahrzeuge standen, mit denen die Helden gestrandet waren, das Schiff Granma, sodann das Flugzeug, mit dem sie vom Osten her in Havanna gelandet waren, und der Panzer, in dem die Sieger einzogen, und auch die Waffen in vergoldeten Vitrinen gezeigt wurden, mit denen Fidel und Che die ersten Feinde der Revolution eigenhändig getötet hatten, einfache Jungs von siebzehn Jahren, die von Battistas Leuten eingefangen worden waren, um verheizt zu werden, deren letztes Wort *Mama* gewesen war. So war es eben im Krieg und in Zeiten der Revolution, wenn der Gerechtigkeit zum Sieg verholfen wurde.

Franz, der mit dem Einschlafen kämpfte und dazu mit verstörenden Bildern, tat ihr leid. Sie war schon dabei, ihn für diesen Tag nach Hause zu schicken, als hätte er hitzefrei bekommen. Andererseits wollte sie in seiner Nähe sein, und er sagte auf die Frage *Gehen wir?* einfach *ja.*

Also gingen sie *die paar Schritte* im Säulenschatten die Sevillazeile entlang, bis sie schon die Granma unter einem Baldachin aus Glas stehen sahen. Sie hatte das schönste Haus, das nach der Revolution gebaut wurde.

Franz hatte mittlerweile einen erotischen Rang wie jeder unerreichbar nahe Busfahrer unterwegs nach Torremolinos, wie alle Reiseleiter, Piloten, Priester und Schriftsteller, auch Pizzakellner, denen immer wieder Visitenkarten auf den leeren Teller gelegt wurden, wenn es wie beim Schwarzwild geheißen hatte: Rauschzeit ist.

Schließlich sagte Rose: *Gehen Sie schlafen, mein Junge.*

Er versprach ihr, am anderen Morgen und ausgeschlafen wieder in der schönen Halle des Hotels Sevilla zu sein. Und wollte sich schon ohne Umarmung absetzen. Aber Rose ließ das nicht durchgehen, so wenig wie bei ihrem Mann, der nebenher immer Kreuzworträtsel zu lösen versuchte und ein Gesicht machte, als suchte er nach einem Wort mit acht Buchstaben für *Leben.*

8.

Ramona würde es schon verstehen, und auch Rose würde verstehen und einsehen, daß es nicht ging, eine ältere Frau, dachte er, würde er ihr sagen. Doch er hat es wie sein Vater gemacht und gar nichts gesagt, auf einmal hat er sich in seinen Vater hineinversetzen können und ihn wieder einmal entschuldigt: Der wollte ja gar kein Lügner sein. Vielleicht hatte sein Vater damals auch so gedacht, wie er heute dachte, und wollte alles sagen, beichten und erklären.

Was nie geschehen ist; und so machte es auch Franz: er hat ihr alles gesagt, auch das Verwickelte und Verdrehte an dieser Geschichte, auch ihre tatsächliche Harmlosigkeit, er hat ihr alles gesagt, gesagt, daß es nichts war – aber nur im Kopf. Er vergaß oder schaffte es nicht, er wollte Ramona alles sagen, es wäre ja die Wahrheit gewesen, daß nämlich gar nichts war, daß Rose keine Konkurrenz war. Und Renie sowieso nicht. Und auch Rose wollte er alles sagen.

Aber Franz stellte sich schließlich doch als Mann heraus, das heißt als heimlicher Feigling. Er war sehr verdreht in seinem Kopf und wollte Rose Semmering auch noch imponieren und von ihr geliebt werden. Es war in seinem Kopf etwa so, wie es im Kopf seines Vaters gewesen sein muß, ein gigantisches Durcheinander, er wollte imponieren und gefallen und geliebt werden, etwas, was man sonst den Frauen unterstellte und was vielleicht auch bei seiner Mutter so war, wenn sie *du Lügner* vor sich hinsagte: sie wollte geliebt werden, und im Grunde waren es vielleicht nur seltsame Liebeserklärungen, wenn sie *Lügner, Amok, Massaker* in ihrem Pensionistenheim vor sich hinsagte.

Wie er nun verstand, daß ihn keiner verstand.

9.

Da Rose von der Gegenwart der Liebe nicht sprechen konnte, wich sie in die Vergangenheit aus. Und in die Literatur. Es war einen Tag später. Sie waren zu zweit im Taxi zum Hotel Nacional gefahren, die zwei Kollegen waren wieder eigene Wege gegangen und sammelten Material. Nun saßen Franz und Rose einander gegenüber, in der Gartenbar, die ihn sehr an das Cipriani erinnerte, und über dem Meer lag der Morro, wo demnächst in den Räumlichkeiten des restaurierten Staatskerkers die Internationale Buchmesse stattfinden sollte und Rose ihren einzigen Auftritt als Schriftstellerin in Kuba haben würde.

Franz hatte eine Nacht über allem geschlafen, Ramona tat so, als sei nichts, und hatte in der Nacht schon wieder *baby* gesagt und mit der Hand nach ihm gegriffen. Angeblich hatte sie Renie aus ihrem Leben verjagt. Es war schön, wie ihr Mund das Kopfkissen berührte und die Beine unterm Leintuch herausschauten.

Und Rose? Rose schaute erst mit ihren Augen, rückte sich zurecht und sagte dann: *Franz, ich will Ihnen heute ein wenig von mir erzählen.*

Ich habe immer alles in mich hineingefressen, begann sie, und Franz schien es so, daß sie gerade an diesem Roman schrieb und ihm daraus erzählte, als wäre es ihr Leben, als brauchte sie einen Zuhörer, ihn, als Testperson. Und auch, als hoffte sie auf einen, der ganz anders ist, und er wäre dieser andere. Als wollte sie für ihre große Lesung üben und wäre mit ihrem Text noch nicht fertig, als käme es auf ihn an, wie die Geschichte zu Ende ging. Und erzählte ihm nun ihr Leben, als hätte sie es auswendig gelernt.

Rose hatte zu Hause ihren Erich. Er war auch einer dieser Lehrstuhlinhaber, die sich ein Wohnmobil angeschafft hatten, um sich in demselben mit Frauen, meist Studentinnen, zu treffen. Sein Spezialgebiet war die Frauenheilkunde. Auch Rose, die zwei Jahrzehnte nach ihrem Erich das Licht der Welt erblickte hatte und sich bis zur Heirat mit Erich noch Rosi nannte, hatte lange einen Liebhaber gehabt, der mit ihr und einem Wohnmobil in der Gegend herumfuhr, bis sie ihm zu alt geworden war. Jener Mann war Ordinarius an der Universität Wien und hatte Rose jahrelang bei der Stange gehalten mit der Aussicht, daß er sie am Tag, nachdem seine furchtbare Gattin von ihrem alkoholischen Eifersuchtswahn befreit wäre und weder sich noch ihn umgebracht hätte, heiraten werde.

Unter diesen Umständen, bei dieser Vorgeschichte, war es nicht verwunderlich, daß nun Rose ziemlich verloren im Leben saß und eigentlich auch von Kuba nicht mehr erwartete als Absagen sowie ein paar Ausflüge und Begegnungen mit lieben Menschen, die sich artige Dinge beim Abendessen sagen und auf die Uhr schauen, um rechtzeitig im Bett zu sein. Denn am nächsten Tag ging es immer schon sehr früh weiter.

Rose war eine vermögende Frau. Sie besaß Anteile an einer Tennishalle und an einem Fitneßcenter. Trotzdem errötete sie, wenn sie einen Satz mit *ich weiß nicht* begann. Viele Sätze begann sie so. Das einzige, was sie sich traute, war ein schnelles Auto, im Sommer fuhr sie mit dem Cabrio durch ihre schön gewesenen Tage. Franz hätte sie geliebt.

Ich brenne hätte auch sie sagen können. Doch das zu sagen hätte sie sich niemals getraut und eingestanden.

Sie strich sich die Haare aus dem Gesicht, eine Gewohnheit, die ihr als letzte Verbindung zu ihrer Zeit als Mädchen geblieben war, und schaute Franz fragend und antwortend an, eine unverwechselbare Regung von Rose, die sie zu Rose machte. Sie strich sich die Haare aus dem Gesicht und schaute abwechselnd zu Franz und zum Meer hin. Und sie rauchte dabei eine Zigarette, als müßte sie sich konzentrieren. Dabei war es Liebe.

Aber es half nichts. Es sah zwar sehr charmant aus, immer noch, kam aber für Franz zwanzig Jahre zu spät.

Sie saßen an ihrem Platz in der schönen Freilichtbar in den weißen Korbsesseln wie andere vor ihnen auch, Caruso hatte hier gesessen und auch Al Capone und die anderen, bei einem *Verlängerten* an einem Tischchen zum Meer hin, und schon erzählte sie ihm mit dem Wagemut einer Schüchternen, was bisher war, was bis zu dieser Stelle hin ihr Leben war.

Franz ähnelte immer mehr jenem Mann mit dem Wohnmobil in der Zeit, als sie ihn, am Seziertisch stehend, im ersten klinischen Semester anhimmelte.

Das soll alles gewesen sein?, hätte sie hinausschreien wollen, aber sie traute sich noch dreißig Jahre später nicht einmal, diese Enttäuschung zu denken.

Und Franz Joseph hatte bei der Liebe ein Gesicht gemacht, als hätte Rose etwas davon gehabt. Da hat sie ihn endgültig aufgegeben.

Das meiste müssen wir schon zu Lebzeiten aufgeben, sagte Rose. Franz wollte ihr widersprechen. Aber er schaffte es nicht.

Ein Mann, der so aussieht, kann nicht auch noch lügen, hatte sie damals gedacht. Einer wie er kann sich ein Doppelleben nicht erlauben. Sie hat sich überhaupt mit diesem Menschen nur eingelassen, weil sie dachte, so einen hätte sie ganz für sich. Aber dann lagen bald Nylonstrümpfe herum, wenn sie an der Reihe war, die nicht von ihr stammten. Rose wußte ja, wie *es* aussah: kurz, es sah nicht gut aus. Rose wußte aus eigener Anschauung, daß es sich bei den Frauen, die entweder vor oder nach jenem Mann, *der ein wenig aussah wie Sie, lieber Franz*, ins Wohnmobil gestiegen waren und sich vor oder nach oder hinter ihm ausgezogen hatten, um richtige *Wegguckerinnen* gehandelt haben mußte. Das olivgrüne Feinripp-Unterhemd sowie die irgendwie dazu passenden olivgrünen Hosen oder Schlüpfer waren noch das wenigste.

Da dachte Franz an seine Mutter und ihr Schicksal, und auch an Silvana Mangano und alle Frauen, die *es vor Schmerz zerriß, weil sie es in sich hinein fraßen.*

Rose hätte in ein himmelschreiendes Gelächter ausbrechen müssen. Sie wollte eigentlich nichts als weg von ihren Männern und wandte sich doch um wie die Frau von Lot. Jene erstarrte zur Salzsäule und wurde mit dem Tod bestraft. Während Rose mit dem Leben bestraft wurde.

Rose wurde mit dem entsprechenden Leben

bestraft. Immer wenn sie die Bilder des moribunden Picasso und seiner Françoise sah, mußte sie an Erich denken und auch an sich selbst. Auch sie war einen Kopf größer und ein Leben schöner als Picasso und Erich. Das widersprach der neuesten These aufgrund sogenannter Untersuchungen, daß es kleingewachsene Männer viel schwerer hatten bei ihren Eroberungen. Es kam immer noch auf den Mann an.

Rose verabscheute Männer, die *Machst du es mir?* fragten. Franz verabscheute Frauen, die *Machst du es mir?* fragten.

Es war zu spät ... als mündeten alle Geschichten in ihre. Als wäre sie eine Vorgeschichte mit einem Nachspiel. Als wäre ihr Buch oder ihre Geschichte an dieser Stelle zu Ende, so blickte sie nun zu Franz hin, der längst schon ein kameradschaftliches Mitleid für Rose empfand, was ja nun nicht gerade zu den *erektionsfreundlichen Regungen* gehörte.

Plötzlich gab sich Rose einen Ruck. *He's a shrempp,* sagte sie nun auf englisch und meinte damit das Verhalten ihres Erich. So ist er halt, das Recyceln von Frauen, als wären sie Ersatzteile oder Autos, eine Art Zweitwagen des Mannes.

Es hat einmal eine Schlacht gegeben, es muß einmal jene Schlacht gegeben haben im völligen Dunkel unserer Vorgeschichte, 500 Millionen gegen eine Eizelle, aus der ich schließlich als Siegerin hervorgegangen bin, einer hat sich durchgesetzt, aus dem ich wurde, dachte sie. Einer, aus dem Rose wurde, die eines Tages nach Kuba aufbrach und nun in einem dieser bequemen Polster vis-à-vis von ihm saß. Und er sah, wie sie schaute. Alle, die lebten, waren als Sieger und Siegerinnen aus der Mutter aller Schlachten hervorgegangen. Vielleicht war der Gedanke gar kein Gedanke, sondern nur eine Ketzerei, die heutzutage ungestraft blieb, außer mit einer Niedergeschlagenheit. Daß auch sie zu den Überlebenden gehörten, auch wenn es nicht so aussah.

Ich habe davon einen Tumor bekommen, anschließend Bestrahlungen und Haarausfall. Jetzt geht es mir wieder gut, und Franz sagte, etwas deplaziert: *Man sieht überhaupt nichts!* Als wäre dies ein Kompliment.

Einen Mann erobern, eine Frau erobern, was für eine Sprache. Aber so war es.

Nachher hat er freilich nicht mehr gedacht, und als er dabei war, hat er gar nicht mehr gedacht, sondern ein völlig unsinniges *Ich liebe dich!* gestammelt, abwechselnd mit *Ich komme!* Als hätte er eine Ankunft bekanntzugeben.

Ich komme! Was für ein Irrsinn, was für eine Meldung, die Rose vom ersten Mal an abgestoßen hat.

Franz fuhr danach zu Ramona.

Er mußte auf ihr liegen; doch sie war ganz weit weg.

10.

In Wien hatte er gesagt, die Reise bedürfe einer langen und gründlichen Vorbereitung. Dafür war er finanziell sehr gut ausgestattet worden.

Doch wie sich herausstellte, war überhaupt nichts vorbereitet. Es fand unter der Regie von Franz keine einzige der Lesungen statt, auf die es den Schriftstellern doch ankam, sowie auf die Begegnungen mit anderen Schriftstellern, mit García Marquéz vor allem, von dem sich die drei das Entree in die Weltliteratur versprachen. Auch eine Privataudienz bei Castro war von Franz angedeutet worden. Alles Höhepunkte, die auf einem hastig von Marinelli einen Tag, bevor die Delegation eintraf, erstellten Blatt aufgeführt wurden, hingekritzelt auf einem Einkaufszettel. Und vom Reiseprogramm hatte bisher gar nichts stattgefunden, außer der Abholung der Gäste am Internationalen Flughafen José Martí. Und morgen sollte die Exkursion nach Vinales sein.

Papier war knapp, eines der begehrtesten Mitbringsel für Schriftsteller, wie Marinelli die österreichischen Schriftsteller hatte wissen lassen. *Bringen Sie Papier mit! Stellen Sie sich vor, Ihr Buch zu schreiben, und Sie hätten nichts, wo Sie es draufschreiben könnten.* Das leuchtete den Schriftstellern ein, reizte aber auch schon zu der ersten Neidattacke, daß auf diesem Papier vielleicht ein zukünftiger Nobelpreisträger schreiben würde. Insgeheim dachte Marinelli, es wäre vielleicht auch für Wien nicht schlecht, wenn es nicht so viel Papier gäbe und sich so die Probleme der Schriftsteller auf gleichsam natürliche Weise lösten.

Die Knappheit des Papiers war auch eine Entschuldigung für Franz Marinelli.

Alles war auf Freßzetteln festgehalten, so wie die Abrechnungen auch, ein paar Zahlen auf einem Zettel, die Marinelli auf dem Weg zum Flughafen noch schnell notiert hatte.

11.

Ramona, die angeblich bei der *Granma* als Journalistin arbeitete, hatte nicht viel zu tun.

Sie brauchte meistens zwei Stunden, bis sie in der Redaktion war, verladen auf Bus-Traktoren mit Anhängern, auf denen die Menschen standen, die Franz noch an etwas ganz anderes erinnerten.

Im vergangenen Hungersommer hatte sie, die gerade ihre Doktorarbeit vorbereitete, sich an die Autobahn stellen müssen, die Havanna mit Matanzas verband, und hatte Melonen verkaufen müssen. Von den nicht verkauften Melonen lebten sie und die Mutter.

Seither träumte sie davon, mit ihm nach Amerika zu entkommen.

Und immer noch saß sie da, jetzt auf dem Bett von Franz, schälte eine Banane, schaute Richtung

Amerika und träumte, während sie ihn dabei beobachtete, wie er in sein Notebook schrieb. Sie sah gleichzeitig, auf einem Bild, Franz und die beiden Schweine. Ein gemeinsames Schicksal verband alle drei: daß sie nicht wußten, was aus ihnen werden würde.

Ramona aß die Banane ziemlich langsam und träumte von ihrer Flucht mit ihrem Geliebten und sah dabei zu Franz hinüber, als ginge es um ihn. Er erwiderte das Lächeln, das ihm nicht galt, und schrieb weiter.

Sie hatten nicht viel gemacht zusammen in letzter Zeit.

Ihr Leben hatte sich zumeist in diesem Zimmer abgespielt, dazu kamen gelegentliche Besuche bei Freunden und Verwandten in ihren Hinterhöfen, ein Besuch im Zoo.

Das graue Havanna, die Ruinen und im Vorbei oftmals die Lieder. Am Haus von Lezama Lima vorbei. Von den Touristen waren sie weit weg. Franz schrieb in sein Notebook, aus dem ein Bild-Bericht für ein Magazin werden sollte. Er wollte die schönsten Fotos, darunter die Zoo-Fotos, für eine Reportage bei *Mare* einreichen, er hatte aber schließlich so gut wie gar nicht fotografiert, und wenn, dann nur Ramona, darunter Aufnahmen, die er in Wien würde selbst entwickeln müssen.

Im Zoo war Franz wieder eingefallen, was er in Feldkirch gehört hatte. Er konnte Feldkirch und was ihm da die Lehrer über den Menschen gesagt hatten, nicht bestätigen. Der Lateinlehrer mit seinen Schlachten hatte beweisen wollen, daß der Mensch dem Tier überlegen sei. Denn der Mensch sei das vernunftbegabte Wesen: dies werde anhand von Geschichtsbüchern von Livius, der Kriegsberichte Caesars und der Klatschromane von Sueton bewiesen. Der Religionslehrer Pater Anselm Hohenstein hatte ganz besonders auf dem Primat des Menschen unter den Primaten bestanden. Auch Franz war sein Leben lang niemals einverstanden mit der Meinung des vulgären Darwin, den er ja gerade wieder las, daß der Mensch vom Affen abstamme. Der Religionslehrer sagte, daß der Mensch eine unsterbliche Seele habe. Und ein Gewissen. Der Deutschlehrer kam dazu und sagte seinerseits, daß der Mensch eine Sprache habe. Der Biologielehrer sprang den beiden bei und sagte, daß der Mensch aufrecht stehe und gehen könne. Das hatte Franz alles schon in Wien, dann im Internat gehört, ein Leben lang. Franz jedoch empfand, angekommen am Ende einer langen Reise, daß er von alledem nichts hatte: er kam sich nicht überlegen vor, sondern höchstens gleich. Er kam sich, nach vierzig Jahren Praxis, überhaupt nicht vernunftbegabt vor. Und die anderen waren es auch nicht: angefangen mit der Welt, wie sie war, mit Adam und Eva, ihrem Mördersohn Kain und dessen erstem Opfer Abel, bis zu den Wiener Lügenfantasien im arisierten Ringstraßenpalais, den finsteren letzten Mutmaßungen seiner Mutter im Schatten Sigmund Freuds. Von Anfang an war der Mensch eine Geschichte von Mördern und Mordopfern. Eine unsterbliche Seele hatte er vermutlich auch nicht. Warum sollte er eine unsterbliche Seele haben? Genügte es nicht, eine Seele zu haben?

War dieses Leben nicht genug? Und eine Sprache hatte er auch nicht. Er konnte ja nicht einmal sagen, wie es gewesen und was es gewesen war. Er konnte ja nicht einmal sagen, wie es mit Ramona war. Alles, was ihm wichtig war und was er hätte sagen wollen, auch ihr, konnte er nicht sagen. Und das lag nicht an seinem schlechten Spanisch. Der Deutschlehrer hatte leider Unrecht, das wußte er nun in Havanna. Aber er hätte es ihm nicht mehr sagen können, denn jener Mensch war schon tot. Und gehen, geschweige denn *aufrecht,* konnte er auch nicht mehr. Das dachte Franz am Ende seiner Reise. Das Leben war nicht eben, das reimte sich nur in einem Unterhaltungsroman. Manchmal war es allerdings lustig gewesen. Er hatte gewiß einige Tage seines Lebens nichts als gelacht, hätte er sein Lachen zusammenzählen können.

Es war alles so viel wie nichts. Und doch hatte er Menschen sagen hören, daß sie glücklich waren, daß es ihn gab. Manchmal hatte er selbst zu diesen Menschen gehört.

Und er schwamm, trotz der Schwimmringe um den Bauch, die wie Jahresringe dazugekommen waren, im Geiste noch einmal mutig hinaus, als hätte das Leben einen Sinn, der schwimmend zu finden wäre. So schwamm er ein paar Züge am Patrice Lumumba, hinaus und dann wieder zurück.

Im Zoo von Havanna jedoch, weit draußen und

niemals von einem Touristen betreten und von den Habaneros auch nicht, war ihm das Leben besonders sinnlos vorgekommen, nur eine Verdoppelung und Nachäffung seiner Tragödie, auch mit Ramona, die schlief, wie Gott sie geschaffen hatte, bei 30 Grad Celsius, und er lag da mit leichten Rückenschmerzen von seiner gekrümmten Lage beim Lesen und Schreiben. Und mit Bauchschmerzen vom Lügen. Er machte ein Gesicht, als hätte er einen Buckel, so vertrackt war sein Leben geworden, in kürzester Zeit. Es war ein rapider Neigungswinkel und Lichtgeschwindigkeit, mit der er auf etwas zuraste. Nur seine Augen waren noch schneller. Es konnte schon sein, daß es Lichtjahre von den Sternen bis zu ihm waren, seine Augen jedoch waren in einem Augenblick beim schönen Sternbild, das Lichtjahre von ihm entfernt lag: Ramona lag vor ihm, Lichtjahre entfernt.

Draußen eine Palme und ein Meer. Er hatte tausend Geschenke mitgebracht, Schmerzmittel und Kondome. Sie waren nicht geplatzt. Es war nichts passiert. Ramona trug den Gürtel mit integriertem Necessaire, auf dem *EXPO 2000* stand, um ihre vom enganliegenden Polyester-Stretch ablesbaren Hüften. Der Gürtel war von ihm. Die Hüften waren ihr Gastgeschenk an Franz.

Die Menschen von Havanna waren auf diesen Zoo und auf das Leben im Zoo nicht gut zu sprechen, denn sie waren auf die Tiere eifersüchtig im Irrglauben, daß sie gut versorgt waren und ihnen alles wegfraßen.

Denn sie hatten nichts zu essen. Unabhängig davon, ob sie im Film ein Lied nach dem anderen sangen, hatten sie nun schon jahrelang Hunger, diesen und jenen, denn eingesperrt waren auch sie. Versuchten sie zu fliehen, wurde hinter ihnen hergeschossen. Es gab sie, die Menschen, die Hunger hatten und eingesperrt waren, unabhängig davon, ob sie auf die Kinoleinwand kamen oder nicht. Franz bezweifelte, daß Castro, der jeden Tag irgendwo anders übernachtete aus Angst vor der CIA – und vielleicht noch mehr davor, der kubanische Tod könnte ihn holen –, irgendeine dieser Hütten, die Franz in kürzester Zeit gesehen hatte, jemals betreten hat. Der ahnungslose Alte, Berufsrevolutionär seit vierzig Jahren, war eine zeitversetzte Marie-Antoinette, die es zweifellos gut meinte, als sie ihrem Volk, das kein Brot hatte, empfahl, dann eben Kuchen zu essen. Und er schenkte dem Volk einen Zoo, der aus Haß und Neid auf die Raubtiere vom Volk gemieden wurde. Wären sie nur hingefahren, dann hätten sie gesehen, wie die Affen in ihren Käfigen in sich hinein weinten und in einer irrsinnigen Wut und der Erkenntnis, wo sie waren, plötzlich mit verfaulten Früchten und Kot nach ihnen warfen. Und wie die Löwen, sibirischen Tiger und schwarzen Pumas abgemagert die Gitter auf und ab schlichen und aus Hunger sich die Zähne am Käfig ausbissen und alles gefressen hätten, auch ihn.

12.

Vor allem war es den österreichischen Schriftstellern, auch Rose, auf die Lesungen angekommen, von denen Marinelli schon seit langem gesprochen hatte, im Schriftstellerclub oder im Marquéz-Haus, in der Patrice-Lumumba-Halle und im Haus der Revolution und an anderen wohlklingenden Orten. Das war ihre einzige Gemeinsamkeit.

Der Begegnungsabend mit den kubanischen Schriftstellern, bei dem sie erwartungsvoll dasitzen würden, als wäre es das Entree in die Weltliteratur, sowie die Internationale Buchmesse, die am Wochenende vor dem Rückflug stattfinden sollte, nicht von Franz organisiert, standen noch bevor. Über diesen Umweg, die internationale Anerkennung in Kuba, versprachen sie sich auch Durchbruch im nationalen und deutschen Sprachraum, der ja noch keineswegs gesichert war. Außerdem würden sie Castro sehen, und er würde ihnen vielleicht sogar die Hand schütteln und ein paar Worte auf den weiteren Lebensweg mitgeben: das war der insgeheime Höhepunkt, wie eine Audienz beim Heiligen Vater, wenn die Wiener das auch nicht zugaben und sich, noch kurz bevor die Tür aufging, über die Veranstaltung lustig machten, in deren Mitte sie dann mit einem Weinglas standen.

Insgesamt hatte die Delegation nur zwei Auftritte. Beim ersten handelte es sich lediglich um eine Gemeinschaftslesung vor einem von Franz hastig zusammengetrommelten Pseudopublikum von etwa zehn Personen aus dem Bekanntenkreis von Ramona, sie selbst war zu Hause geblieben, darunter angeblich auch drei Schriftsteller, die ebenfalls aus ihren Sachen vorlesen würden. Die armen Schriftsteller machten einen kläglichen Eindruck, wie sie zu dritt nebeneinander saßen, erwartungsvoll in den Raum schauend. Rose tat ihm leid. Marquéz war natürlich nicht gekommen, dafür zusätzlich noch mal zehn von der österreichischen Botschaft zusammengetrommelte Deutschsprachige. Sogar die Deutschen und die Schweizer hatte man eingeladen, sie waren jedoch ferngeblieben. Es wußte ja sonst auch niemand von diesem Abend, an dem die Wiener nach mehreren Tagen Leerlauf schon ganz erschöpft waren und nicht mehr protestieren konnten und wegen der Enttäuschung gar nicht bemerkten, daß die drei kubanischen Schriftsteller, die da aus ihren Sachen vorlasen, gar nicht aus ihren Sachen vorlasen, sondern aus einem Roman von García Marquéz, von dem auch ein Grußwort verlesen wurde, das Marinelli noch schnell auf dem Bett verfaßt hatte. Die Schriftsteller vom kubanischen Schriftstellerverband waren Freunde von Ramona, aber lesen konnten sie immerhin.

Die Wiener warteten nur darauf, ihre Dinge auszubreiten, unabhängig davon, ob die Welt am Untergehen war oder nicht.

Da keiner der Gäste des kubanischen Spanisch mächtig war und Franz als Übersetzer des Grußwortes fungierte, waren die Unstimmigkeiten, ja Unmöglichkeiten dieser Rede keinem aufgefallen, auch dem dicken Tittmoninger nicht, der das Kind eines Chauffeurs des österreichischen Botschafters gewesen war, wenn auch in der benachbarten Dominikanischen Republik, weswegen er als Ehrengast und Experte mitgenommen worden war. Er hatte bisher noch kein Buch veröffentlicht, außer einer Broschüre in der *Bibliothek der Provinz*. Er war vor allem als Übersetzer gedacht und mitgenommen worden; doch es stellte sich heraus, daß er nicht einmal die Speisekarte lesen konnte, von Übersetzen also keine Rede. Eigentlich konnte er nicht viel mehr als *gracias* sagen. Franz hat ihn, den angeblichen Spanischübersetzer, sofort als Schwindler durchschaut. Sie konnten sich so gegenseitig in Schach halten.

Blieb nur noch der Dritte, der aber durch seine Eskapaden und vor allem durch die Geschichte mit den zwei Schwestern für Franz ebenfalls keine Gefahr darstellte.

Keiner der drei, der nicht geglaubt oder wenigstens gehofft hätte, daß er über diesen kubanischen Umweg das Entree in die Weltliteratur schaffen würde. So träumten sie sich immer wieder in eine Nacht mit García Marquéz hinein und daß er sie dann irgendwann auffordern würde, das Manuskript zu holen, und Marquéz war erst erwartungsvoll, dann mißmutig, dann wieder lauschend, dann träumend, dann weinend, zuletzt jubelnd, was das für ein Manuskript sei, aber auch empört und aufstampfend, daß dies in Wien noch keiner gemerkt hatte.

Die Österreicher mußten für ein Buffet zahlen, das aus Bananen und Rum bestand, das Geld strich Ramona ein. Damit konnte noch ein Häuschen außerhalb von Havanna gekauft werden, drei Blocks vom Meer entfernt.

Es war Februar, und die Modegetränke waren Piña Colada und Batida de Coco.

Als Franz zurückkam, Ramona mit einem Kuß begrüßte und dann den Schweinen auf der Terrasse gute Nacht sagen wollte, sah er, daß sie weinte. Ramona schien untröstlich. *Unsere beiden Lieblinge sind weg!* Sie hatte das Wort *tesoro* verwendet. Als sie gegen elf nach Hause gekommen sei, seien sie spurlos verschwunden gewesen.

Er glaubte ihr. Die Hochzeit würde sich nun um drei Monate verzögern. Was Franz eigentlich recht war. Aber er glaubte nicht, daß sie je wieder zwei so schöne Ferkel bekommen würden, wie die beiden gewesen waren.

Als er nach einer alten Gewohnheit, bevor er sich schlafen legte, unters Bett schaute, entdeckte er da eine verwaschene Unterhose, die nicht von ihm war.

13.

Lange nicht war er aufgewacht mit dem Wort *schön* im Kopf. Aufgewacht, und das erste Wort war *schön* gewesen, fast noch im Traum, dort, an jenem Ort, wo er schon wachte und noch schlief. Ramona lag neben ihm und träumte noch. Es war schön, einen Menschen zu sehen, der noch träumte, nichts als träumte, mit geschlossenen Augen, und nichts sah, was sichtbar war. Da fiel ihm wieder die Unterhose ein.

Das einzige Lebenszeichen Ramonas war ihr Atem, sichtbar wie der Wind und nicht ganz so laut wie das Geräusch des Ventilators an der Decke, der ganz langsam, auf unterster Stufe, seine Runden drehte. Dazu kam das Meer, die Welt, die von draußen zu ihm hereinkam wie ein Beweis.

Franz hatte doch noch keinen Mut, Ramona zu wecken und auf seinen Fund anzusprechen. Er hatte die Hose wie eine Beute zu Füßen seiner Freundin gelegt und sich davongemacht, und Ramona hat nie erfahren, ob Franz das Corpus delicti bemerkt hatte oder nicht.

Bald darauf saß er wieder im Bus und mit ihm die drei Schriftsteller, erwartungsvoll, dieses Mal Richtung Westen.

Alle wollten, trotz der Erschöpfung, einen Fensterplatz.

Es waren insgesamt fünf Personen, die im klimatisierten Minibus saßen, ein VIP-Bus mit verdunkelten Scheiben, als dürften die überall an den Straßen auf Mitfahrgelegenheiten wartenden Kubaner nicht wissen, wer sie waren. Bald war Marinelli, schon auf der Höhe des ersten Transparents – *Die Jugend ist das Fundament der Zukunft,* Fidel –, eingeschlafen. Das war nun zu viel. Sie schauten, als wollten sie die Botschaft anrufen und sich über diese Zumutung, die Marinelli tatsächlich war, noch ein letztes Mal beschweren. Tittmoninger und der andere hatten aber längst beschlossen, Marinelli auf dieser Fahrt hinauszuwerfen. Und am liebsten Rose dazu.

Die Botschaften an den Straßen schienen die Gäste überhaupt nicht zu irritieren, als wäre es das Selbstverständlichste.

Socialismo o muerte! – Venceremos! lasen sie und fuhren im klimatisierten Fahrzeug an Hütten vorbei, die nicht einmal Strom hatten, vielleicht fehlte auch das Wasser. Bald führte der kritischere Kopf der beiden, der Zyniker aus Garsten, eine Strichliste. Und am Ende dieser wunderschönen Reise würde er siebenunddreißigmal diese Botschaft gelesen haben. Und unter den Brücken standen im Schatten ganze Gruppen von Menschen, die darauf warteten, daß jemand im Licht sie sah und mitnahm. Als wäre das das Selbstverständlichste, nicht mitgenommen zu werden, daß sie hier im 40. Jahr der großen Revolution so standen und darauf warteten, daß sie jemand mitnahm.

Die treue Rose rühmte nach wie vor die Errungenschaften des Sozialismus in der kubanischen Variante und verwies auf Einzelheiten, etwa den nun allmählich lichter werdenden sozialen Wohnungsbau in den Außenbezirken von Havanna. In allem konnte sie etwas Gutes erkennen.

Und dann nahm Rose aus Liebe das Mikro zur Hand und gab weiter, was sie draußen sah: Sie wollte vertuschen, daß Franz neben ihr schlief.

Draußen sehen wir arbeitende Kubaner. Daneben Che, der von den Revolutionstouristen aus aller Welt als Hauptheiliger verehrt wurde, sein Bild war eine Ikone. Der große Bruder Fidel hat diesen Erzmärtyrer gewiß tausendfach zum Teufel gewünscht. Er muß nun schon seit über vierzig Jahren mit ihm leben, und wenn er Kontakt mit seinem Volk hätte, könnte er den Glanz und die Tränen in den Augen derer sehen, die *Tu querida precencia* singen, und auch den Glanz in den Augen derer, die dieses Lied hören, wie der geliebte Che bei Santa Clara von den Bergen heruntersteigt. Castro würde an Eifersucht sterben.

Rose zitierte derweil den Kollegen Sartre, der gesagt hatte: *Che Guevara ist der vollkommenste Mensch unserer Zeit.*

Kein Zweifel, das war der Altersschmerz Castros, dazu kam die Aussicht auf den baldigen Tod am eigenen Leib, die Castro quälte, und daher versuchte er, noch möglichst viele andere mit in den täglichen Tod zu reißen, vielleicht aus Einsamkeit.

Vorher aber ging auch der allerheiligste Che selbst verloren: Er hatte in Angola mit Großwildjagdequipment auf fliehende Antirevolutionäre geschossen und dann mit handlichen Schnellfeuerwaffen standrechtliche Erschießungen angeführt und zwischendurch immer wieder Cohibas geraucht, Revolutionstouristen und Frauen empfangen, Golf gespielt: kurz, die Welt war zum Verzweifeln.

Zwischendurch wachte Franz auf und hörte, wie Rose von ihren Freunden sprach, als wäre auch Che Guevara einer von ihnen gewesen. Es schmerzte ihn, wie sie lächelte und zu ihm herüberschaute. Und wie die zwei anderen dies sahen und sich anschauten und dann zu Marinelli hinüber, als wären zwei nicht genug, als suchten sie noch einen Komplizen, sich über einen Dritten lustig zu machen, über einen Menschen, der vielleicht lächerlich verliebt war, als wäre es nicht genug, daß zwei sich über einen lustig machen.

Rose hatte, vom Augenblick an, da sie Franz erblickt hatte, Angst vor der Rückkehr. Was erwartete sie schon zu Hause in Wien: ein Mann und das befreundete Ehepaar, die nach wie vor zur Eröffnung der Trüffelsaison nach Asti fuhren. Dort trafen sie sich mit ebenfalls befreundeten ehemaligen Kommunistenehepaaren, denen aus der großen Zeit, als sie die Welt verändern wollten, als einziges die Trüffeln geblieben waren, eine alte Freundschaft mit dem führenden Trüffel-Importeur und dem Kuba-Verein der Freunde der Revolution. Sie aber müßte von nun an ohne Franz weiterleben.

Denn nun kamen die beiden mit ihrem Entschluß, Marinelli fristlos zu entlassen und hinauszuschmeißen. Rose verstummte wie das Kaninchen. Sie war zu schwach, um einen Gedanken zu fassen, etwa den, daß sie auch mit aussteigen könnte. Das wollte sie, aber Franz hätte es vielleicht nicht gewollt.

Das Faß war übergelaufen.

Und nun wurde wie in alten Zeiten gewürfelt, und da es keine Würfel gab, wurde eine Münze geworfen wie in den Zeiten von Jonas. Es war aber schon alles beschlossen, und er wurde hinausgeschmissen, ist aber, anders als Jonas, nicht davongekommen.

Es wurde eine Stelle ausgewählt, wo ihn die zwei Wiener mit vereinten Kräften aus dem Wagen schafften und ihn an einer Stelle aussetzten, wo ihm nichts passieren konnte: auf der Rückseite einer Autobahnbar, in der Nähe einer WC-Anlage. Dann fuhren sie davon, und es war auf einmal ganz ruhig im Minibus.

Franz hat es also nie bis Vinales geschafft. Er hat die Tabakfelder nicht gesehen. Alles, was er gesehen hat, waren die grünen Hügel und blauen Berge, hinter denen Vinales lag.

Er war praktisch nur in Havanna gewesen, und auch Havanna beschränkte sich auf den Raum, den Ramona ihm freigab.

Wie er dorthin zurückkam, wußte er selbst nicht mehr.

Rose blieb gar nichts von dieser Liebe. Alles, was ihr blieb, würde ein Geschwätz in Wien sein. Von der alten Scheune, die brannte. Und vielleicht ein paar Fotos und eine Erinnerung, die Salzsäure ihres Lebens.

Marinelli fühlte sich zunächst wie Hans im Glück, war froh: Die Delegation verschwand aus der Geschichte. Und er betete, an der kaum befahrenen Autobahn stehend, auf der auch Pferdefuhrwerke, Fahrradfahrer und Fußgänger unterwegs waren: Herr, lehre mich die Kunst der kleinen Schritte!

Marinelli hatte sich – trotz allem – sehr auf Ramona gefreut. Sie würde da sein, und sein Herz würde stillstehen. Er ging, endlich in der Consolado angekommen, gemächlich die letzten verwitterten Fassaden entlang, als wollte er den Höhepunkt hinauszögern, und die Treppen hoch ging er auf Taubenfüßen, schlich sich am Blockwart vorbei – die Wohnungstür war nicht abgeschlossen –, und dann lagen Ramona und Renie auf dem Bett. Wie du und ich.

Mehr sah er gar nicht.

Er war immer so unentschieden. Wußte nicht, ob er ja oder nein sagen sollte. Wußte nicht, ob es etwas Schönes war, was er sah, oder nicht.

Franz war vielleicht doch kein frommer Mensch. Er hatte gar nichts von Hiob und verbuchte seine Verluste, die er nun zweifellos zu bilanzieren gehabt hätte, nicht wie Hiob und schrie nicht auf wie Hiob oder wie Thomas Bernhard, der alle bezichtigte und verantwortlich machte, außer sich selbst, und ein Beschuldigungsvirtuose war. Franz war nicht wie Hiob oder Thomas Bernhard, sondern wie der liebe Augustin, auch ein Wiener. Er schrie nicht, sondern sang. Und ging es ihm schlecht, verstummte er.

Statt sie beide umzubringen, wie einst Gesualdo,

lächelte er. Freilich wollte er sie auch umbringen. Aber dann lächelte er: es war zweifellos ein schöner Anblick, es hätte ihm gefallen, aber er war kein Fürst wie Gesualdo.

Außerdem kam er aus Wien, nicht aus Neapel, sondern aus Wien, einer Stadt, wo man immer mit dem Schlimmsten rechnete und rechnen mußte und sich auch damit abfand: schon im voraus sang man Heurigenlieder, die alles vorwegnahmen. Den Betrug, das Ende und vor allem den Tod.

Wien war die Hauptstadt des Fatalismus auf der Welt und der Zentralfriedhof sein Wallfahrtsort; selbst da wurden noch Heurigenlieder gesungen, wenn es ernst wurde und der Sarg hinabgelassen, so leicht, als wäre nichts drinnen, als wäre der Tod eine Blume, als wäre alles nichts gewesen.

Und der Wiener Fatalismus rettete Ramona und Renie das Leben und vorerst auch seines: er hat sie nicht umgebracht, sondern ist gegangen und hat sich ans Meer gesetzt und hat ein altes Wiener Lied vor sich hingesummt.

III.

Es war in jenen Tagen in der Stadt Christiania,
die keiner verläßt, ohne daß er von ihr gezeichnet ist.
Nach *Knut Hamsun,* Hunger

1.

Havanna, eine Stadt grau wie Husum, lag vor und hinter ihm und war die schönste Stadt der Welt trotz allem. *Als ich Havanna verließ*, so begann einst *La Paloma:*

Cuando
sali de la Habana, valgame Dios!
nadie
me ha visto salir si no fui yo
y una linda Guachinanga alla voy yo
que se vino tras de mi que si señor
si a tu ventana llega una paloma
tratala con cariño que es mi persona.

Unruhig ist unser Herz, bis es ruhet in dir.

Marinelli überlegte noch, ins Capri zu wechseln, das damals schon als eigentlich unbewohnbar galt, und landete dann doch im Deauville.

Daß es in diesem heruntergekommenen Haus keine Frühstücksmusik und kein Frühstücksbuffet gab und keinen Fernseher, empfand er als etwas Angenehmes. Und Havanna sah von oben überall gleich aus.

Er saß auf der Dachterrasse wie in der Ecke des alleinreisenden Herrn, wartete auf die Spiegeleier und wunderte sich, warum sie nicht kamen, und dann, warum es nur eines war und warum dieses auch noch so klein war, vielleicht war es ein Taubenei, wahrscheinlich von einem Lebewesen, das er nicht kannte. Die Angestellten, die er lange genug bedauert und beschenkt hatte, zweigten ab und trieben Handel damit, also gar nicht, um selbst zu essen. Bevor ihm Renie das gesagt und ihn wegen seiner Trinkgelder zurechtgewiesen hatte, wußte er ja nicht, daß alle, die mit irgendwelchen Tellern an Touristen herantraten, es so machten.

Kuba war eine Zweiklassengesellschaft um die Jahrtausendwende, bestehend aus Menschen, die Dollarkontakt hatten, und jenen, die keinen Dollarkontakt hatten. Es gab Schriftsteller, die Melonen verkauften, und Taxifahrer und Zimmermädchen mit Haus am Meer. Erst jetzt war ihm deutlich geworden, daß ihm – es war am ersten Tag in Havanna, aus Freude hatte er sich betrunken – das Verteilen von 20-Dollar-Noten an die Damenkapelle für das Spielen von *Besame mucho* von den Begünstigten selbst zu Recht als Verrücktheit ausgelegt worden war, als Vorbote eines gewissen Wahnsinns. Auch daß er aus Übermut mit seinem Schweizermesser die Damen dirigierte.

Martinelli war auch froh, daß er hier nicht schon beim Frühstück *Comandante Che Guevara* hören mußte, *tu querida presencia*. Es war gerade eine Woche her, da hatte er – auf der Dachterrasse des Sevilla, wo zum Frühstück schon gespielt und gesungen wurde (zum Glück nicht auch noch getanzt, Musik war Klang, Tanz war Raum) – für Rose *Wiener Blut* verlangt und auch bekommen. Er hatte der Sängerin 50 Dollar dahin gesteckt, wo in den Table-Dance-Bars in der ersten Runde die 1-Dollar-Scheine hinkommen und wo nun die Dollarkubanerinnen ihr Handy aufbewahren, an jenem Ort irgendwo dazwischen. Rose war gerührt und ließ durchblicken, daß nicht jeder aus Wien kommt.

So durchschaute der eine den anderen. Sie waren nach Kuba gefahren, um sich zu durchschauen. Und es blieb nichts übrig.

Zum Glück war das hier Kuba und nicht die Mongolische Volksrepublik, denn dort hätten die Staatsgäste auch noch frieren müssen. Im Entscheidungsfall war Schwitzen immer besser als Frieren, und das sagten sich die Schriftsteller schließlich auch. Sie hatten immerhin einiges gesehen, und alles gratis.

Marinelli war so müde.

Jetzt ging Marinelli die Säulen entlang, für die Havanna berühmt war und hinter denen er sich in den letzten Tagen vor den drei Wienern, die einzeln unterwegs waren, aber auch vor der Polizei verstecken mußte, weil streunende Trinker in schwarz gewordenen Sommeranzügen auch in Havanna aus dem Verkehr gezogen wurden. Er mußte sich nun in Havanna verstecken. Das war schwierig, denn praktisch hinter jeder Wand stand ein Polizist.

Er war in den letzten Tagen nur noch da, wo sonst niemand hinkam.

Am Abend aber hatte es noch zum Sonnenuntergang auf dem Beton beim Deauville gereicht.

Da hatte Ramona einmal in seinem Schoß auf der Mauer gelegen und den anderen Pärchen zugesehen, wie sie sich liebten, ohne daß Franz dies bemerkt hätte, und eine Banane gegessen und von Flucht geträumt.

Auch dieser Tag begann mit dem Aufwachen. Den Rest mußte er sich holen.

2.

Die Internationale Buchmesse fand auf dem Morro statt, und die österreichischen Schriftsteller erschienen dort um 18 Uhr zum Empfang in dem für Staatsempfänge umgemodelten Gefängnis, einer Hölle, die sich die Gefangenen damals selbst einrichten mußten.

Auch verstorbene Kollegen hatten hier gelebt, wo sie nun ihren Sundowner tranken auf der Terrasse, von der sich immer wieder einige von ihnen in die endgültige Freiheit hinuntergestürzt hatten.

Hier wurden die Staatsgäste empfangen, die Castro die Aufwartung machten. Im Schauprozeßraum war gestern der Empfang durch den Präsidenten gewesen, zu dem sie aber wegen Marinellis Ausfall keinen Zutritt hatten, was die Wiener, die einmal im Leben einen sehen wollten, der seltener war als der Papst, mit schweren Verwünschungen übel nahmen.

In den Räumlichkeiten, wo einst bis zu hundert Häftlinge lebten und starben, darunter Schriftsteller, die später in die Pleïade aufgenommen und in der *Bibliothek Suhrkamp* veröffentlicht wurden, so wie auch die Gedichte von Mao Tse Tung, waren die Pavillons der Länder untergebracht, auch der österreichische.

Wie war alles von der Tafel gelöscht, als gäbe es einen Schwamm.

Nur noch der Tod war einheitsstiftend.

Rose las nun in einer Buchmessenkoje, in einem Raum, in dem einst ihr Kollege Reinaldo Arenas eingesperrt gewesen war, ohne daß Rose dies wußte, unter einem Tonnengewölbe, das einmal für achtzig Personen gedacht war, die sich gegen Castro versündigt hatten, darunter auch wirkliche Kriminelle. Sie alle hätten nach Havanna hinüberschauen können von der Terrasse aus, aber das war nur einmal in der Woche erlaubt; da sahen sie dann das graue Havanna und das nicht weniger geliebte Meer, hinter dem alles gut war. Der Raum war nun renoviert. Gekalkt, ganz ohne dunkle Flecken. Die Botschaft hatte schließlich dafür gesorgt, daß es zu diesem einzigen Auftritt der Österreicher kam. Franz hatte sich herangeschlichen, um ihr mit den Augen beizustehen, und hoffte, daß sie ihn sähe.

Es saßen vielleicht fünfzehn bis zwanzig Personen da, über zehn Reihen verteilt. Von kubanischer Seite war der Sekretär für Internationale

Beziehungen mit einem Grußwort gekommen. Die Botschafterin hatte sich entschuldigen lassen. Sie wollte in ihrem Leben nie wieder einen Schriftsteller sehen. Nicht einmal ein Foto von einem. Dafür saß der zweite Attaché in der ersten Reihe, dem dies alles sehr lästig war und der nur darum halbwegs glücklich schaute, weil die Delegation unmittelbar vor der Rückreise stand. Er hatte den einen der beiden Männer schon zweimal aus dem Gefängnis heraustelefonieren müssen, Prostitution war verboten auf Kuba, es gab sie offiziell gar nicht. Alkohol hatte zu zusätzlichen Komplikationen geführt. Und dann gab es noch Marinelli. Der hatte eigentlich gar keinen Zutritt, Hausverbot. Vor drei Tagen war er ja an der Westautobahn fristlos entlassen worden, hinausgeschmissen; und zwar ohne die Stimme von Rose. Jetzt stand er etwas verstört im Hintergrund, war aber von Roses Stelle aus im Tonnengewölbe dieses Raumes gut zu sehen in seinem ehemals weißen, verknitterten, dunkel gewordenen Sommer-Pepita. Außer Rose sah ihn niemand. Es war eine böse Entdeckung. Innerhalb von drei Tagen hatte sich Franz in einen Stadtstreicher verwandelt. Als sie ihn da stehen sah, brach ihr das Herz.

Kuba war entfernt mit Österreich zu vergleichen: Von beiden war viel die Rede auf der Welt, mehr als es ihrer Größe auf dem Globus entsprach. Beide hatten Figuren hervorgebracht, gute und böse, von denen man vielleicht noch in 3000 Jahren sprechen würde, und der Glanz von 3000 Jahren würde über sie gekommen sein, und alles, was von ihnen bliebe, wäre die Gänsehaut der Menschen, die dereinst von ihnen hörten. Beide hatten eine Westautobahn gebaut, hier wie dort ging es von Ost nach West, schmal auslaufend, Österreich und Kuba waren horizontale Erscheinungen; sie lagen eher wie eine Geliebte, während es Länder gab, die standen wie Ausrufungszeichen. Außerdem gab es hier wie dort den besten Kaffee und die besten Kaffeehäuser. Nur die Zeitungen fehlten in Havanna.

In diesem Augenblick begann Rose ihren autobiographischen Text *Einmal auf der Welt. Und dann so* zu lesen, den sie aufgeschrieben hat, unmittelbar nachdem Franz auf dem Weg nach Vinales aus ihrem Leben verschwunden war:

Neben mir saß eine Leserin, die mich fragte, was ich damit meinte, mit diesem Satz:

„Im Lainzer Krankenhaus entfernte man mir zunächst einmal ein kindskopfgroßes Geschwür aus dem Unterleib. Immerhin ließ man mich in Lainz am Leben. Man hat mir dieses Geschwür nicht gezeigt und auch nicht gesagt, wo es schließlich verschwunden ist (wohin mit dem chirurgischen Abfall?) – aber hätte ich nicht ein Anrecht darauf gehabt, es wenigstens zu sehen? War es nicht mein Geschwür? Als Kind konnte ich doch meinen Milchzahn auch in ein Taschentuch wickeln und vom Zahnarztstuhl weg mit nach Hause nehmen.“ Und genau in dem Augenblick wurden wir von ihm fotografiert, als wir gemeinsam über dieser

Stelle sitzen und über ihre Bedeutung nachdenken. Wie sollte ich das wissen? Hatte ich diesen Satz nicht längst aus der Hand gegeben, von mir weggetippt, in die Maschine und irgendwo zwischen diesen Zeilen, Zeilenreihen wie Grabzeilen, verloren? Rose hat weitergelesen, nicht für das Publikum, das am liebsten zum Fenster hinausgeschaut hätte – aber es gab keine Fenster –, sondern allein für Franz, als wäre es ein Nachruf auf ihn gewesen.

Als Franz dann an der Wand entlang immer näher nach vorn gekommen war, brach sie ab und sagte: *Ich lese jetzt noch einen Text, der gerade entstanden ist*, eigentlich ein Standardsatz aus dem Arsenal eines reisenden Schriftstellers.

Es war ein Text über etwas, das es nicht mehr gab, *Damenwahl: du gehst auf ihn zu, sprichst ihn an, ob er mit dir tanzen will, und dann gibt er dir einen Korb, und du gehst an deinen Platz im Leben zurück, und es war nichts als ein zusätzliches Erröten. Du nimmst deinen ganzen Mut zusammen und sprichst ihn an, und es wird doch nichts.*

Wie Franz sie verstand. In seiner Aktentasche hatte er anderthalb Liter weißen Rum, umgefüllt in eine neutrale Wasserflasche.

3.

Er schlich sich davon. Er mußte zu ihr. Er wußte, daß Rose irgendwann ins Hotel zurückkehren und in einem der Sessel sitzen würde, von denen sie zum Seiteneingang sehen könnte, wo Franz hereinkommen würde, die Säulen entlanggeschlichen, wo er Rose zu treffen hoffte. Panisch war er, denn er hatte kein Geld mehr, das war alles an Ramona gegangen, und er konnte sich auch nicht mehr mit Nachschub versorgen wie in den vergangenen Wochen, weil seine Kreditkarte verloren war, aber auch, weil er gar kein Geld mehr bekommen hätte. Er war nicht mehr *finanzfrisch*. Auch hätte er sich nicht mehr an den Schalter des vornehmen Hotels Sevilla getraut, so wie er nun daherkam. Nur das Rückflugticket hatte er noch. Franz pirschte sich strategisch, von einer Säule zur anderen, durch den Säulenwald der Lobby, und die Kapelle spielte *Tu querida presencia*. Rose war seine letzte Hoffnung, wenn sie nicht da wäre – und wäre sie da, wäre es ein Wunder –, würde er von seinem Taxifahrer, der an der Tür wartete, und es gab keinen Nebenausgang, sofort zur Polizeiwache gefahren, und dann – aber Rose war da.

Franz entdeckte sie, wie sie bei einem Mojito saß, und wurde noch ein letztes Mal mit Hemingway traktiert. Armer Mojito! Mußte nun in den Reiseführern als Lieblingsgetränk Hemingways existieren! An fast allen Orten der Welt, wo er hingekommen war, gab es einen Felsen, von dem Lord Byron ins Meer gesprungen war, gab es ein Meer, das Shelley oder Keats beschwommen hatten, und gab es eine Hemingway-Bar mit einem Hemingway-Foto. So auch im Hotel Sevilla, wo Rose unter dem Hemingway-Foto mit dem Hemingway-Lieblingsgetränk saß. Der unvermeidliche Hemingway, den Franz dafür bewundern sollte, daß er ein gewalttätiger Mensch war, der am Ende auch noch mit sich selbst kurzen Prozeß machte. Dieser Mann war selbst eine short story. Und Franz vielleicht auch. Aber das letzte, was Rose von Franz gesehen hatte, war ein Mensch, der sich abhanden gekommen war.

Sie hatte ihm in dem Augenblick, als sie ihn erblickte, verziehen. Er stand da, eine verreckte Erscheinung, eine Vogelscheuche: wer ihn sah, flog davon. Innerhalb von Stunden war eine zerschlissene Gestalt aus ihm geworden. Er erblickte Rose, die eigentlich schon aufgegeben hatte, und sie flog auf ihn zu.

Marinelli umging die Wachen, schaute nach allen Seiten, setzte sich ungefragt und tat so, als gehörte er dazu, als sei er ihr Begleiter, und flehte sie an: *Wenn du mir die fünfzig Dollar nicht gibst, werde ich verhaftet! – Du weißt nicht, was das heißt, in einem Castrogefängnis zu landen.* Er wollte ihr alles in Wien zurückgeben. Also gab es für Rose doch noch Hoffnung. Sie ging für ihn zum Schalter und holte 500 Dollar. *Kommst du so weiter? Du kannst es mir ja in Wien wieder geben.* Franz fiel ihr jetzt das einzige Mal überhaupt um den Hals, küßte sie, und dabei blieb es.

Marinelli war hinausgegangen, war ins Taxi gestiegen, hatte den Taxifahrer bezahlt und schlurfte nun allein über den Malecón, schon ziemlich ebenerdig, als hätte er ein anständiges Todesdatum verpaßt.

Alle waren der Reihe nach verschwunden. Zuerst die Schweine. Dann die Delegation in Richtung Westen. Dann Ramona und Renie. Jetzt hatte er noch Rose. Sie würde ihm nicht verloren gehen. Irgendwie mußte er ins Deauville gelangt sein, denn am anderen Morgen wachte er, bekleidet und ungewaschen, in seinem Zimmer auf.

Er stand auf, ohne sich zu waschen, und dachte, er müßte nun hinaus ans Meer.

Es war erst halb sieben, aber er ging Richtung Malecón und schaute, als suchte er das Meer nach Überlebenden ab und den Sand, der sich an das Wasser anschloß, nach Strandgut. Es saßen schon die ersten Frühstücksgäste im Pavillon vis-à-vis, Europäer, welche die Zeit nicht im Griff hatten. Aber er machte sich davon in Richtung Horizont.

Früher hatte er Sehnsucht. Nun hatte er Heimweh. Bis dahin war es Sehnsucht gewesen. Seither war es Heimweh.

Morgenschön begannen die Tage. In Varadero zum Beispiel lagen die schönsten Erscheinungen unerreichbar da. Bis zuletzt war er von einer gnadenlosen Gleichzeitigkeit auf der Welt, und die Welt drehte sich.

Piano piano wurde Marinelli von seiner Liebe

aufgefressen. Die Fingernägel wuchsen nun in einem Wahnsinnstempo, auch die Haare, alles wuchs in einem Wahnsinnstempo, selbst die Kinder schienen ihm in einem Wahnsinnstempo zu wachsen, über ihn hinaus. Und nach ihm wäre alles voll von den anderen. Und den nachgewachsenen Kindern, Haaren und Fingernägeln würde es genauso gehen.

Er sah die Flugzeuge, die nach Hause flogen. Der Himmel über ihm war wie das Meer.

Er sah über den Malecón hinaus.

Die heterosexuelle Prostituierte nebenan, die eigentlich nur Männer liebte und von zwei spanischen Lesben gemietet worden war, mußte sich nun bald ausziehen und zeigen, ein Schicksal, das sie mit den meisten Strichern dieser Welt teilte. Auch sie hätte am liebsten ein Messer genommen, aber das geschah so oft auf der Welt, daß es nicht einmal mehr in die Zeitungen kam.

Franz ging weiter, den Malecón hinauf oder hinunter. Das war der einzige Weg zwischen Havanna und dem Meer.

Er setzte sich auf die Betonmauer und ließ die Beine baumeln. Er hatte so lange getrunken, daß er schon wieder nüchtern war. Malecón! Beton! Löcher, Negative des Sichtbaren, der Materie, kleine schwarze Löcher.

Er ging mit seinen Augen die Uferzeile ab. Es war eher ein Schlurfen.

Havanna, den 26. 2., morgens um elf, am Malecón – schrieb er in sein Tagebuch und: *Die Tragödie des Fotografen ist: nicht auf dem Bild zu sein.* Und das Unglück dieses Menschen war, daß er sich selbst nicht verlassen konnte.

So hatte es mit der Schriftstellerei begonnen und bald darauf schon wieder aufgehört: mit dem Wunsch zu schreiben, der ihm nicht erfüllt wurde. Es reichte gerade für Bilder, auf denen er fehlte. Er wurde aus einer Verlegenheit heraus Fotograf, im Irrglauben, seine Welt wäre fotografierbar. Doch seine Erinnerung war nicht fotografierbar.

Marinelli in Havanna, das hieß: fortschreitende Räude. Zuerst war alles rosa, lustig und vielversprechend – dann mit dem Neigungswinkel zum Verstummen ein Verfall. Und schon war es Abend.

Aber vielleicht würde er ja wieder über die Nachrichten und die Zeitung, die er zu Hause nach dem ersten Honigbrötchen lesen würde, in die Welt zurückfinden, wie sie war, ist und sein wird, mit ihren Massakern, mit ihren unvegetarischen Orgien, ihrem Blut.

Irgend jemand fand sich immer, der die Nachrichten vorlas und so las, als wäre es das Selbstverständlichste auf der Welt. In einem Satz konnten die IG-Metall und der Tod vorkommen. Es folgten unmittelbar aufeinander der Jahresbericht der Welthungerhilfe, die Stiftung Warentest und der Automobilsalon in Genf, Steffi Graf und die Lottozahlen. Waren das Weltnachrichten?

Er war immer einer gewesen, der aus Verlegenheit die falschen Themen aufgriff und so für Verlegenheit sorgte. Zum Beispiel sprach er von den

Armen in Gegenwart von Menschen, die zur Eröffnung der Trüffelsaison nach Asti fuhren, und vom Tod in Gegenwart von Lebenden, die *Fit for fun* abonniert hatten.

Es war Hasenweh – und er schaute aufs Meer hinaus, wo der Tod nicht vorkam.

Ach, Ramona –

Und schon war es Abend.

Früher schüchterte er die Menschen ein und brachte sie schließlich zum Schweigen, indem er sagte, er schreibe Tagebuch. Wer wollte schon in seinem Tagebuch landen. Und sich brachte er auch zum Schweigen, indem er mit dem Tagebuchschreiben aufhörte. Sein Tagebuch hätte von einem handeln sollen, der am Morgen überlegt, wie er seinen Tag zu gestalten hätte. Es wäre von einem gewesen, der nicht in den Tag hineinlebt, sondern hineingedacht hätte. Selbst am Strand. Selbst in das Lebewesen, das gerade dabei war, sein Handtuch zu erobern. Welche Mühsal für die Strandameise, es den Liegestuhlfuß hinauf geschafft zu haben und auch das Handtuch erklommen, aber dann mit einer Hand, von der die andere nicht wußte, was sie tat, weggewischt zu werden. Dabei hatte sie noch Glück und kam lebend unten im Sand an.

Hier schafften es nicht einmal die Ameisen. Das Leben am Malecón war so unwirtlich, daß es kaum Ameisen gab. Franz sah sich an der engsten Stelle zwischen seinem Leben und Amerika. *Jetzt bist du am Ende. Dies ist das Ende.* Dachte er. *Dies ist mein Ende.*

Nun redete er sich abwechselnd mit *du* und *ich* an. Manchmal sagte er *wir.*

Marinelli torkelte und hatte einen Schuh verloren, ohne dies zu bemerken. Als ginge ein Fuß im Wasser, der andere am Land. Er hielt die Flasche für seinen Schuh, jenes Gehwerkzeug, mit dem er weiterkäme.

Ich werde heute nach Schruns fahren, sagte er sich.

Du wirst heute nach Schrzbns fahren, sagte er sich.

Wir werden heute nch Szyxrmx fahren, sagte er sich, um etwas von seinen Sätzen zu haben.

Er allein wußte, wie sie ausgesprochen wurden.

Dann zählte er alle großschwänzigen Monster auf, und zwar in der richtigen Reihenfolge, um nicht den Verstand zu verlieren, so wie Ezra Pound im Käfig von Pisa seine Übungen gemacht hatte und noch ganz andere Gefangene wer weiß wo auf der Welt es in diesem Augenblick machten, in Todeszellen vielleicht, um nicht verrückt zu werden.

Er zählte die großschwänzigen Monster auf wie Kinder die sieben Glatzen, wenn sie einen Schluckauf hatten: sieben großschwänzige Monster, beginnend mit dem unvergeßlichen Hans Albers, dann Che Guevara und Prinz Eugen und von den Lebenden Ringsgwandl, Michael Jackson und zwei Namen, die hier nicht genannt seien. Er hatte

Angst, den Verstand zu verlieren. Das war die letzten Wochen seine führende Angst geworden, und daher betete er die Namen wie einen Rosenkranz herunter, auch die, die er nur dachte und nicht aussprach. Er versuchte das kleine Einmaleins und andere Übungen aus der flaumenleichten Zeit der Frühe.

Es waren Grade des Sprechens eines übriggebliebenen Menschen mit sich selbst.

Wieder ging er den Malecón entlang und machte immer wieder Trinkpausen, setzte sich auf den Beton, öffnete die Flasche und sah dabei auf sich hinunter.

Glücklich sein, ohne den Bauch einzuziehen! War er mit Ramona im Bett und es war nicht dunkel, mußte er ständig daran denken und den Bauch einziehen. Dabei war es doch ein schöner Bauch.

Er brauchte mittlerweile Spiegel, die beim bloßen Hineinschauen Upgrades erteilten.

Das bildete er sich ein. Selbst gesichtssichere Menschen fragten gelegentlich, wie alt er gewesen sei, auf diesem oder jenem Foto vom letzten Sommer.

Er sagte dann: Das ist ganz lange her und mußte sich damit abfinden, daß Fotos lügen und daß er nie so schön war wie auf den Fotos und nie so schön sein würde, bis zuletzt. *Selbst auf meinem Sterbebildchen werde ich schöner sein, als ich war.*

Er führte es darauf zurück, daß er sich nicht selbst fotografieren konnte.

Er hatte so lange getrunken, daß er fast schon wieder nüchtern war. Er hatte auf einmal Lust auf Zigarren. *Habana,* war das nicht das andere Wort für Paradies, wenigstens auf der Zigarrenkiste von *Romeo y Julieta?* Wieder sein Schlurfen, zurück in die Stadt. *Unruhig ist unser Herz, bis es ruhet in dir*, sagte der heilige Augustinus, als der schon längst sich verabschiedet hatte aus dem Leben, das er kannte, und wohl mehr vermißte als andere und das er daher schlecht machte, um nicht sterben zu müssen aus Heimweh nach der verlorenen Zeit.

Er betrat das geliebte Treppenhaus, als ginge es nun wieder bergauf.

Es dauerte, bis sich Franz in den siebenten Stock geschleppt hatte. Unterwegs, an Stellen vorbeikommend, wo Ramona *baby* zu ihm gesagt hatte, war er drauf und dran umzukehren oder aufzugeben. Der Aufzug war immer noch nicht repariert. Aber Rafael, der Maler und Friseur, war da. Und Franz kaufte ein Stilleben im Stil von Kokoschka, bestellte zwei Kisten *Romeo y Julietas*, mit denen der herbeitelefonierte Bote bald erschien, und ließ sich die Haare schneiden.

Er beschnupperte alle fünfundzwanzig Zigarren und prüfte jede einzelne auf ihre Echtheit, indem er vom Zigarrenende her in sie hineinblies. Sie waren echt.

Franz saß auf dem Frisierhocker und rauchte eine *Havanna*, während um ihn die Haare zu Boden fielen und Ramona immer schöner wurde. Er rauchte und schaute in die Ferne, als wäre es das normalste, daß wir am Rauch sterben.

Dabei hörte er, was ihm der Friseur erzählte, wie er von den Vorzügen des Systems sprach und Zahlen nannte, vor allem im Vergleich mit den USA, die ja praktisch, wenn man von New York absah, aus Analphabeten bestanden, wie er sagte. *Das kubanische Ballett ist ebenfalls weltberühmt.*

Dann die letzten Meter, vorbei an der Wohnungstür, aufs Dach.

Die Aussicht war noch einmal überwältigend. Aber auch niederschmetternd.

Anschließend ging er noch einmal zum Parque Central und setzte sich auf die Terrasse des Hotels Inglaterra.

Eine frühlingshaft gekleidete Frau, schön gewesen, mit Blumen, ging vorbei. Sie schielte und lächelte, und Marinelli wußte nicht, ob er gemeint war.

Vielleicht war er es, der schielte.

Er ließ nun die schönsten Gesichter vorbeilaufen. Denn bis zum Ende waren Gesichter da. Auch in ihm selbst. Und er machte die Augen zu.

Es wurde Zeit zu telefonieren, von jener Ecke des Parque Central aus, die vom Hotel Plaza und vom Kunstmuseum begrenzt war, hinter der Bank, auf der er mit Ramona gesessen hatte. Von jener Telefonzelle aus gleich dahinter ging sein allerletztes Telefongespräch nach Wien. Er wählte die Handy-Nummer. Der Anrufbeantworter übertrug den Beginn der *Kleinen Nachtmusik* nach Kuba. Eine Minute, acht Dollar, soviel wie ein Stehplatz im Musikverein. Das war das letzte, was er von der Wiener Klassik hörte. Doch niemand war da, er sollte eine Nachricht aufs Band sprechen. Seit Wochen hatte er nicht mehr mit Wien telefoniert. Franz stellte sein Kommen in Aussicht. Er sagte, *ich freue mich.* Das wäre in der black box das letzte gewesen.

Aus einer Eingebung heraus stand Franz nun auf und ging wie von selbst zu einem der gelben Taxis, die vor dem Hotel standen, und sagte *Patrice-Lumumba-Beach,* und sie fuhren bald auf einer Straße, die so gebogen war, als führte sie nach Hause. Auch der Malecón war so, als wollte er weg, als hätte er Sehnsucht, wüßte aber nicht recht, wie's ging.

Er liebte die Straßen, die sich so bogen, als wollten sie heim. Aber wohin sollte einer vom Meer aus nach Hause gehen?

Lange hatte Franz so gelebt, als wäre sein Leben etwas gewesen, das er hätte seinem Tod entgegenhalten können.

Aber das Leben war ein gelb angestrichener Kahn, der eines Tages, vielleicht auch nachts, auf dem Bildschirm erschien, vom Bildschirm verschwand und spurlos unterging, ganz ohne Zeugen.

Endlich machte er sich zum Patrice-Lumumba-Strand auf, als wäre es für immer, versehen mit einem Koffer und dem Kokoschka-Stilleben. Auch die Flasche hatte er nicht vergessen. Er wollte dort so lange ihr Lieblingsgetränk saufen, bis sein Herz versagte, nachdem es gebrochen war.

Und er schaute am Ende auf sein Leben, als wäre er ein anderer gewesen, als wäre sein Leben gar nicht seines gewesen, sondern ein anderes.

Dem fügen wir das Schweigen und die Farbe *Blau* hinzu.

Nachspann: Wie in den Filmen

Und jetzt wollen Sie vielleicht auch noch wissen, was aus den Schweinen geworden ist und aus den anderen Menschen und Tieren, die kamen und gingen, ungewiß, ob es sie noch gibt, und auch vielleicht in der Hoffnung, daß es gut weiterging mit ihnen.

Die Schweine, zum Beispiel, waren auf eine unkonventionelle Methode beiseite geschafft worden. Sie wurden mit einer Überdosis eingeschläfert. Aber bevor sie tot waren, wurde ihnen im Schlaf der Hals aufgeschnitten und der Tod auf diese Weise unterbrochen, und die Tiere wurden so für die Hochzeit gerettet und in handlichen Formaten eingepökelt und umgehend aufs Land transportiert, ins Haus, das Franz für die beiden gekauft hatte … Und dann war die Hochzeit von Renie und Ramona. Es war ein Fest. Sie konnten sich endlich sattessen.

Und sie leben vielleicht glücklich bis zum heutigen Tag.

Nachdem sie Marinelli abgesetzt oder ausgesetzt hatten, fuhren die Wiener erst einmal nach Vinales weiter, und die Männer deckten sich mit Cohibas ein. In Vinales schickten sie ein Fax an die Österreichische Botschaft in Havanna und eines an Ministerialrat Smolka, Wien. Dann kehrten sie zurück nach Wien, ohne García Marquéz getroffen zu haben und ohne in die Weltliteratur eingeführt worden zu sein, und haben noch jahrelang von Marinelli und ihrer Reise nach Havanna gesprochen. Doch bald nach ihrer Rückkehr lasen sie in den Cafés die Todesanzeige, die ihnen sagte, daß Franz Marinelli für immer gegangen war.

Rose brach das Herz, und Franz Marinelli hat eine Seebestattung bekommen, wie es im Testament angeordnet war, und zwar auf der Hochseeyacht eines mit der Familie befreundeten Realitätenhändlers und Bestattungsunternehmers, die von Piran bei Triest aus in Richtung Venedig in See gestochen war.

Es wurde eine selten turbulente Seebestattung mit Gästen.

Die Musik kam vom Band.

Es war schon beim In-die-See-Stechen ein unruhiges Meer gewesen. Der Kapitän hatte die Yacht an der vorgesehenen Stelle verankert, obschon der Seegang dies nicht mehr erlaubte.

Wir waren schließlich bei Windstärke 10, berichtet ein Zeuge.

Die Urne aus Muranoglas, jene Vase aus dem Ringstraßenpalais, ein Hochzeitsgeschenk, steht auf dem Tisch des Salons am Achterdeck.

Verrutscht und zerbricht am Boden auf einem Sisalteppich oder war es ein Flokati?

Einige Trauergäste übergeben sich. In aller Hektik haben wir den Teppich zusammengerollt, mit der Asche und dem Muranoglas, und in einer letzten Kraftanstrengung über Bord geworfen.

Armes Muranoglas!

Für Jörg Brode, damit es bleibt